徳間文庫

公儀鬼役御膳帳

外待雨（ほまちあめ）

六道　慧

徳間書店

目次

登場人物紹介

木藤隼之助　二十二歳。木藤家の庶子。父に命ぜられ、橘町の裏店に住んでいたが、跡を継ぎ、御膳奉行を務める膳之五家の物頭〈鬼役〉に。食に関する豊富な知識と舌を活かして、食事師として働くこともある。

殿岡雪也　二十二歳。隼之助の幼馴染みで、百俵を賜る台所方の三男坊。

溝口 将右衛門　二十四歳。隼之助たちとは、小野派一刀流の道場で知り合う。先祖代々の浪人暮らし。妻と二人の子供がいる。

木藤多聞　隼之助の父。

木藤花江　隼之助の義母。

木藤弥一郎　隼之助の異母兄。正妻の息子のため、隼之助より一日遅れで生まれたが長男。直情的で隼之助と花江につらくあたっていたが、〈鬼役〉を隼之助が継いだことに衝撃を受け、出奔。

宮地才蔵　多聞の手下のお庭番。隼之助の身辺で働いている。

木藤慶次郎　十八歳。弥一郎の弟で、隼之助の異母弟。

水嶋波留　十七歳。膳之五家のひとつ、水嶋家の女。隼之助と相愛だが行方不明に。

香坂伊三郎　二十一歳。元薩摩の郷士。大御所家斉が寵愛する野太刀自顕流の遣い手。

第一章　父の御膳帳

一

外には翠雨が降っていた。

天保十年（一八三九）五月。

木藤隼之助は、仏間に横たえられた父の亡骸を見つめている。

「すまぬ」

それが多聞の、最期の言葉になっていた。

日本橋馬喰町の旅籠〈船津屋〉において、刃傷騒ぎが起きたのは昨日の出来事。

隼之助を庇い、先妻の北村富子に刺された多聞は、すぐさま小石川の屋敷に行くよう自ら指図していた。狼狽えながらも、どうにか屋敷に運びこみ、この奥座敷に横たえた瞬間、父は息絶(いきた)えたのである。

——あのとき。

隼之助の脳裏には〈船津屋〉の騒ぎが甦(よみがえ)っている。町人姿のまま、父の血が付いた着物を着替えてもいなかった。

富子は残虐な企(たくら)みを胸に秘めて、水嶋(みずしま)姓を名乗り、二階の座敷に宿泊した。獲物を待ち構えていたのはあきらか。波留(はる)に違いないと勘違いした隼之助は、弾(はず)む心と足を抑えつつ、二階にあがる。気配を察した富子が座敷から姿を見せた。右手に短刀を握りしめ、無言で近づいて来た。

あの夜と同じだった。

幼い日、厠(かわや)に起きた隼之助を殺そうとしたあの夜と……。

「おまえたちさえ、いなければ」

富子は呪詛(じゅそ)の言葉を吐いた。それもあの夜と同じだった。

——もういい。

と、隼之助は思った。愛(いと)しい女子(おなご)は居所どころか、生死さえわからない。たとえ生きていたとしても、水嶋波留は一生、姿を見せぬのではないか。所帯を持ち、穏やかな日々の中で子を育てるという夢は潰(つい)えた。これ以上、生きている意味はない。

——おれの命をやる。

だからと祈った。代わりに波留を助けてくれ。拐かしたのであれば、無事なまま返してくれ。命だけは奪わないでくれ！

あのとき、隼之助は不意に悟った。

——母上も同じことを思ったのやもしれぬ。

もしや母の登和は、その身を捧げたのではあるまいか。ゆえに富子の凶刃を、敢えて受けたのではないか。

〝壱太だけは助けてください。お願いいたします〟

母の悲痛な祈りを感じた瞬間、階段を駆けあがって来た父が、隼之助の楯となっていた。そのあとのことはよく憶えていない。父の止血をしながら、駕籠を呼ぶように叫んだのだけは憶えている。

「小石川の屋敷へ」

と多聞は命じて、意識を失っていた。富子は目付にお預けとなったが、富子の実家もまた目付の御役目を賜る家。騒ぎを公にするわけがない。内々に事が運ぶのは間違いないだろう。

——波留殿はどこにいるのか。

ぼんやりと考えている。可能であるならば、富子に問い質したい。行方を教えてくれるのであれば命だけはと、交換条件を提示する案も考えなくはなかったが……。

「隼之助様」

配下の小頭、宮地才蔵が入って来た。父の亡骸が横たえられた仏間には、二人の盟友、殿岡雪也と溝口将右衛門も付き添っている。が、二人とも唇を引き結び、ひと言も発しないため、いるのを忘れてしまうほどだった。

「北村家より知らせが参りました」

才蔵の囁きが、やけに大きく聞こえた。仔細を聞くまでもない。富子が自害したという知らせではないのか。

「富子様が」

「そうか」

遮るように短く答えた。武家に生まれた女としては、当然の最期かもしれない。木藤家の当主となった隼之助を殺そうとした挙げ句、もと夫を刺したのである。刑場に引き出されて斬首になるよりはと考えるのが普通だった。

いやでも波留の白い貌が浮かぶ。

富子が異母弟の慶次郎に命じて、拐かしたのだとすれば、辱めを受けている可能性もあった。ゆえに自死していることも考えられた。それでも、と、隼之助は一縷の望みを繋いでいる。

――生きていてほしい。

背中に波留のぬくもりが在った。波留の〈声〉が聴こえていた。

〝かようなことになろうとも、隼之助様は隼之助様です。〈だるまや〉として、コツコツ働けばいいだけのことではありませんか。わたくしはそれで充分です〟

隼之助の舌が、味を感じられなくなってしまったときの言葉である。波留は後ろから包みこむようにして、抱きしめてくれた。救われたはずなのに……。

波留が陵辱されていたら？

そう思うと心が揺れた。だが、雪也の妹、佳乃と過ごした一夜が、なにかを吹っ切ってくれたのは確かだろう。娘から女に変わった見事な生き様を目の当たりにして、隼之助の心にも少なからぬ変化が表れた。

「女子は強い」

思わず呟いていた。

どう思ったのか、

「それで」

才蔵が遠慮がちに言葉を発した。

「いかがなされますか」

さまざまな意味を含んだ問いかけといえた。無意識のうちに、隼之助は膝に置いた公儀鬼役御膳帳を握りしめていた。父が遺した分厚い御膳帳を、才蔵から渡されている。鬼役を継いだ者に、代々、引き継がれる文書だが、そこには遺言らしき一文もしたためられていた。

「しばらくの間、父上の死は公にはしない」

遺言に従って、告げる。

「御城には急な病として届ける。見舞いの儀は、固くお断りする旨、重臣のかたがたはもとより、膳之五家や御目付様にもお伝えしてくれ」

膳之五家は、木藤家、水嶋家、金井家、火野家、地坂家に任じられた御役目だ。その中から一代限りの物頭、鬼役を毎年、正月に西の丸で行われる『膳合』によって決めていたが、木藤家が他の四家に鬼役の座を渡したことは一度もない。事実上の頭役だった。

大御所家斉の直属の配下として、膳之五家は二百俵高、役料二百俵。鬼役を務める木藤家は、役料の二百俵に百俵を加えられて三百俵となるのだが、この百俵の差がどれほど大きいかを、隼之助は肌で感じている。

身が引き締まる思いだった。

「承知いたしました」

才蔵が出て行くと、

「われらは波留殿を探しに行きたいが」

雪也が口を開いた。

「弥一郎殿は、いかがしたのであろうな」

だれもが振り返るほどの色男は、隼之助と同い年の二十二。生家は百俵を賜る公儀の台所方だが、三男坊ともなれば冷や飯ぐらいの厄介者。今はこの屋敷の長屋や、隼之助が借りた神田橘町の裏店に居候している。

「わしは此度の仕掛人は、弥一郎殿だと思うておる。そら、花江殿に『波留殿の行方がわかった』などという文を届けて来たではないか。われらを罠にかけたのよ。廃寺に誘い出して始末しようとしたに相違ない。もしかすると、近くで様子を見ていたやもしれぬ」

大男の将右衛門が言葉を継いだ。二十四という若さであるにもかかわらず、すでに二人の幼子がいるうえ、夏頃には三人目が生まれる予定だった。いささか所帯やつれが見えるのは致し方なきことかもしれない。

「罠にかかったのは、弥一郎殿やもしれぬ」

隼之助は、ぽつりと言った。

「なに？」

「どういう意味じゃ」

二人の盟友は、色めきたった。義母の花江に届けられた文。そこには、飛鳥山の北、音無川に架かる大橋近くの廃寺に、波留が捕らわれているらしいと記されていた。友やお庭番の守りを受けて、駆けつけた隼之助を待ち構えていたのは刺客の一群。そして、廃寺の床には、夥しい血が残っていた。

血腥い光景を思い出したに違いない。

「あの血が、弥一郎殿の血だと思うているのか」

雪也が訊いた。

「わからぬ。なれど」

隼之助は目をあげる。

「だから……富子様が動いたとは考えられぬか」

愛する息子を殺められてしまい、富子は文字通り、狂った。かねてより胸にあった隼之助への殺意が燃えあがったのは、想像するに難くない。あれはまさに仇討ちだったのではないだろうか。

「むぅ」

雪也は腕を組み、将右衛門もまた吐息まじりに呟いた。

「ありうるやもしれぬ、な」

重苦しい沈黙が訪れる。

廃寺の本堂の真ん中あたりに流れていた血。だれのものかはわからないが、だれかが斬られたのは確かだった。

「もっとも」

ひとつ、吐息をついて、隼之助は言った。

「あれは波留殿の血やもしれぬが」

仏間は、さらに深い沈黙に覆われた。あまりにも多くの血が流れすぎた。血で血を洗うような争いは、終わりにしたい。それが本音だった。

「慶次郎殿の行方をつかんでくれぬか」

一番の近道は、異母弟、慶次郎に訊いてみることではないか。母が自害し、兄が行方知れずである今、慶次郎は心細くてならないはず。あるいは怒りに燃えて、復讐を誓っているかもしれないが、とにかく手がかりがほしかった。

「わたしは……」

雪也の答えを、将右衛門が素早く遮る。

「気が進まぬ」

不満をあらわにして、続けた。

「あやつは疫病神よ。前にも罠にかけたではないか。弥一郎殿を見た、などと言うて、われらを外に誘い出し、おお、そうじゃ。廃寺のあれも同じような罠ではないか。慶次郎が姿を見せる度、血が流れるは必定。向こうから来ぬ限り、近づかぬがよしじゃ」

正論かもしれないが、家族の情が勝っていた。

「おれの弟だ」

血の繋がりはないのかもしれない。多聞は、隼之助と一日遅れで生まれた兄、弥一郎については、かつての多聞の盟友――森岡勘十郎の子であることを匂わせていた。しかし、慶次郎に関しては、なにも口にしないまま、旅立っている。

「わかった」

雪也は答えたが、

「わしは行かぬ」

将右衛門は頑なだった。

「波留殿の行方を探す。お頭様は口に出さぬが、それこそが一番、したいことであろうからの」

「では、わたしは慶次郎殿を探すゆえ、将右衛門は波留殿を探せ」

「よし」

頷き返して将右衛門は立ちあがる。隼之助は慌て気味に問いかけた。

「伊三郎殿はどこにいる？」

もうひとりの友の名を口にした。香坂伊三郎は、二十一の若さながらも野太刀自顕流の凄まじい遣い手。多聞をこの屋敷に運び入れた後、姿を目にしていなかった。

「さあて、何処に消えたのやら」

雪也が向けた眼差しに、将右衛門は「知らぬ」と首を振る。並外れた腕前ゆえ、案じてはいないが気になっていた。

「ついでに伊三郎殿も探して来よう」

「さよう。お頭様は、われらよりも伊三郎殿の腕を信じておられるからな」

「皮肉を言うな、将右衛門」

隼之助は、つい苦笑を浮かべていた。このようなときに、軽口を叩(たた)き合えるのが不思議だった。努(つと)めて明るく振る舞う二人に、心の中で感謝していた。

二

「変わったな」

立ちあがりながら雪也が言った。

「なにか、こう、吹っ切れたように見える。清々(すがすが)しいというか、晴ればれとしているというか」

口が過ぎたと思ったのかもしれない、

「かようなときに不謹慎やもしれぬが」

慌て気味に言い添えた。

「いや」

隼之助は小さく首を振る。

「父上から授けられた命だ。無駄にはできぬ」

言われるまでもない、確かに、なにかが変わっていた。我が身を捧げてくれた父の、巨きな愛に報いなければという気持ちになっていた。生まれ変わったような気がしていた。あのとき、壱太は死に、木藤隼之助が誕生したように思えた。

波留が行方知れずになったとき、二つに分かれかけた心。

ひとつには波留が棲み、ひとつは空になった。そこに多聞そっくりの己が生まれかけていたのだが……今はひとつに重なったのを感じていた。

「さようか」

頷いた雪也の言葉を、将右衛門が継いだ。

「では、われらは参る」

出て行った二人と入れ替わるようにして、若い配下の良助が現れた。

「お頭。千秋が、お頭にお目にかかりたいと言っています。わけのわからないことを口走っておりまして」

千秋の名を聞いた瞬間、背筋に悪寒が走った。千秋の兄、吉五郎はだれかに殺められた挙げ句、布団鬼という屈辱的なやり方を用いて、この屋敷の門前に転がされていた。口を開こうとしたとき、

「隼之助殿」

今度は義母の花江が姿を見せた。

「〈笠松屋〉さんが、どうしても、お頭様にお目にかかりたいと言うているのです。

取り込み中ゆえ、無理だと告げたのですが帰りません」

年は、亡き多聞よりも十歳年下の三十五。顔色は少し悪いものの、見事に武家の妻のあるべき姿を装っていた。夫の死にも狼狽えず、女主として采配を立派に振るっている。が、隼之助は妙な違和感を覚えた。

——義母上も雰囲気が変わったような。

視線を感じたに違いない。

「いかがなされましたか」

花江が不審げに問いかけた。

「いえ、義母上の気丈なお振る舞いを拝見し、感じ入っておりました。わたしもしっかりせねばならぬと思いました次第」

応えて、良助を見やる。

「才蔵を呼べ」

「は」

若い配下はすぐに辞したが、

「水嶋家や火野家からも使いが来ております。大御所様や膳之五家のかたがたにも、真実を明かさぬおつもりですか」

花江は座敷に入って来た。差し出口は百も承知という顔をしている。義母の身体が近づいた刹那、ふわりとほのかな体臭をとらえた。

「あ」

蓮花の香を使っているのだろう、爽やかな薫りだったが、隼之助の鋭い嗅覚は体臭の変化を察知していた。それと同時にある〝絵〟が脳裏に浮かぶ。驚くべきものだったが、もしやという気持ちが湧いている。間近に迫った義母の顔を、無意識のうちに見つめていた。

「なにか？」

花江はふたたび問いかけを返した。

「あ、いえ、なんでもありません。蓮花の練香ですね。この時期になると波留殿も用いておられますゆえ、つい」

ごまかすような返事になったが、花江は一瞬、言葉に詰まる。その沈黙は、なにを、どう告げたらいいものやらという労りにあふれていた。隼之助は波留と同じ空気を感じて、大きく息を吸いこんでいる。

肩の力がぬけた。

「申し訳ありません。気遣いが足りませせなんだ」

詫びた花江に、早口で告げる。

「お気になさいませぬよう。これからも蓮花の練香を使うてほしく思います。波留殿は生きておりまする。義母上の後ろに、波留殿の気配を感じるのです」

「そう、ですか」

いささか複雑な表情をしたが、それ以上は口にしない。隼之助が膝の上で握りしめている父の御膳帳に、ちらりと目を投げた。

「旦那様が遺したものに、とらわれすぎるのはよくないのではありませんか。せめて膳之五家には、お伝えした方がよいのではないでしょうか」

上級旗本の家では、主を殿様と呼ぶのが常。かねてより隼之助は、なぜ義母は父を殿様と呼ばないのか、疑問に思っていた。

「ひとつ、お訊ねいたしたく思います」

問いかけに敢えて問いを返した。

「はい？」

「なにゆえ、義母上は父上を『殿様』ではなく、『旦那様』と呼ぶのですか」

つまらないことを訊いていると思った。片付けなければならない問題が山積している。行方知れずの波留や弥一郎兄弟、吉五郎の妹の千秋は、なぜ、取り乱しているのか。〈笠松屋〉が訪ねて来たのはなぜなのか。すぐに取りかからなければならないのに、義母との他愛のない会話を続けている。

「嫁いだとき、旦那様が仰せになられたのです」

花江は答えた。少し恥ずかしそうだった。

〝殿様などと呼んではならぬ〟

多聞らしいと思った。近づきがたい恐ろしさを感じていたが、その実、家族や配下に対して、濃(こま)やかな気配りを怠らなかった。だからこそ、お庭番たちは従って来た。

父の偉大さをあらためて感じている。

「先程の話ですが」

花江が話を戻した。

「考えてくれますか」

大御所や膳之五家にだけは、多聞の死を伝えるべきではないか。父が遺した御膳帳が、すべて正しいとは限らない。柔軟に対応するのが、よいのではないかと告げていた。花江は常に隼之助のことを考えている。ゆえに、助言がすっと心に届いた。

「はい」

素直に頷いていた。

「あと〈笠松屋〉さんのことですが、もしかすると、珠緒さんの話かもしれませんね。先日、親子でここを訪ねて来たとき、珠緒さんがやけに落ち着いた様子だったのが、わたしは逆に引っかかったのです」

と、花江は不安げな目を向ける。そう、確かに義母は、物言いたげな様子を見せたことがあった。珠緒の話をしたかったのだろうが、機会を得られぬまま、今にいたっている。隼之助は、しばし義母と見つめ合った。

〈笠松屋〉の娘、珠緒は、隼之助の配下の吉五郎に惚れていた。夫婦になりたいと思っていたのかもしれない。しかし、吉五郎は無残な死を遂げてしまう。

怒りと憎しみにとらわれた珠緒は、仇討ちを考えたのではないだろうか。

口にしない部分を、互いの眸の奥に探りながら、心の準備をしていた。

「お呼びですか」

才蔵の呼びかけが合図になる。

「参ります」

立ちあがった隼之助に、花江が声をかけた。

「いつも後ろにおりますよ」

なによりの言葉だった。

若き鬼役は、重い心に鞭打って、事の収拾をはかる。

三

書院の上段の間に御簾をさげ、その中に才蔵が座していた。

隼之助は取次役として、上段の間の傍らに控えている。流石に着物は着替えたが、髷は町人髷のままにしていた。長い、長い間、酒問屋〈笠松屋〉の主、滝蔵は平伏していた。

家斉の許しを得て〈笠松屋〉は、将軍家の御用商人に対して与えられる天下商人の号を賜っている。商いは順風満帆のはずだが、滝蔵の面は、まさに蒼白だった。

「おそれながら申しあげます」

「珠緒さんのことですか」

隼之助は思わず訊いていた。取次役としては、まず贋の頭役を務める才蔵に、仕草で訊く姿勢を見せなければならないものを、それをする余裕をなくしていた。案の定、滝蔵は小さく息を呑む。

「……は、い」

どうにか答えたそれが、なによりも明確に真実を伝えていた。

「珠緒さんに話を持ちかけたのは」

二度目の問いかけを、滝蔵は早口で継いだ。

「わかりません。供をした手代の話では、吉五郎の仇が飛鳥山の廃寺に現れるという文をもらったとか。夜になっても戻らなかったため、八方、手をつくして探したところ」

ごくりと唾を呑む。

「珠緒は未明に戻って参りました」

吉五郎さんの仇を討った。

「と譫言のように繰り返すばかり。あらかじめ着替えを持って行きましたようですが、いいえ、娘の智恵ではありません。手代の入れ智恵にございます。娘に惚れておりまして、いいえ、かような話はどうでもよいのですが……そのときに着ておりました着物は血に染まって、凄惨な有様でございました」

「うまく利用されましたね」

独り言のような呟きが出た。おそらく話を持ちかけたのは、北村富子。富子は隼之助を飛鳥山の廃寺におびき寄せ、吉五郎の仇と勘違いした珠緒に隼之助を始末させる心積もりだったのだろう。

珠緒は、武家娘ふうの装いをしたうえで、廃寺の本堂に捕らわれているふりをした。

「珠緒さんは、だれを刺したのか」

またもや自問の呟きとなっていた。

「千秋を呼びましょう」

才蔵が小声で言った。千秋がわけのわからないことを口走っていると、良助は知らせに来ている。隼之助は御簾の中に入って、物頭を装う才蔵の近くに行った。

「話を聞いたのか」

「はい」

小頭を務める男は、すでに状況を把握していた。先へ先へと動いて、隼之助が少しでも楽に差配できるようにするのが役目。有能ぶりに感謝しながらも、この場に千秋を呼ぶのは、いささか躊躇われた。

「取り乱していると聞いたが」

「今は大丈夫です」

請け合った配下を信じるしかない。

「呼んで来い」

「は」

才蔵はすぐさま廊下に控えていた配下に言伝(ことづて)する。その間に隼之助は、もとの位置に戻っていた。書院には、相変わらず息が詰まるほどの重苦しさが満ちている。耐えきれなかったのか、

「あの」

滝蔵が口を開いた。

「娘は、やはり」

そこで言葉が止まる。死罪だろうか。侍を刺したのだから当然だろうが、親にしてみれば、可愛い跡取(あとと)り娘。ひとり娘をどうにかして助けたい。藁(わら)にも縋(すが)る思いであるのは間違いなかった。

「事情を知る者が来ます」

答えつつ、まずは別室で千秋に会うべきではないかと思った。しかし、その役目はすでに才蔵が終えている。滝蔵にも知らせた方がいいと判断したがゆえの、流れなのではないだろうか。

――そうしなければ、滝蔵も得心すまい。

波立つ気持ちを懸命に抑える。ほどなく忍びやかな足音が聞こえてきた。配下もそうだが、千秋もお庭番の女。ほとんど気配を断っている。

「千秋です」

呼びかけに応じて、隼之助は障子を開けた。目顔で中に入るよう示した後、上段の間の傍らに戻る。千秋は障子を閉め、書院の端の方に控えた。年は確か波留と同い年の十七だったはずだが、数日前に会ったときより、なぜか大人びて見えた。隼之助は雪也の妹、佳乃の見事な変貌ぶりを思い出さずにいられない。

――男はいつも置いてきぼりか。

苦笑いしそうになったが、

「千秋。事の次第を話せ」

才蔵の言葉で気持ちを引き締めた。

「はい。連絡役になったのは、わたしです。珠緒さんもわたしの兄、吉五郎の仇を討ちたいと考えていました。同じ気持ちだったのです。それゆえ、ある男から話を持ちかけられたとき、すぐ珠緒さんに連絡を取りました」

千秋は淡々と告げた。見知らぬ男から持ちかけられた仇討ち話。冷静に考えれば不審をいだくものを、千秋はなんとかして兄の仇を討ちたいと考えていた。だが、ひとりでは、あまりにも心許ない。さらに鬼役を務める木藤家にも累が及ぶかもしれない。我が身は惜しくないが、隼之助に迷惑をかけたくない。

諸々の事柄を考えたため、千秋は珠緒に話をもちかけたのだった。

「うちの娘を利用したのか!?」

滝蔵のひと言が、隼之助の胸に突き刺さる。が、口にしたとたん、滝蔵の頭には愛娘の愚かさが浮かんだのかもしれない。申し訳なさそうに、滝蔵はうなだれた。

「お許しください」

千秋は平伏して、訴えた。

「お頭様には、幾重にもお詫び申しあげます。才蔵様にも申しましたが、すでに覚悟はできております。わたしは珠緒さんの身代わりとして、奉行所に『おそれながら』と自訴するつもりでおります。どうかそれをお許しいただきたく思い、お願いにあがった次第です」

遅ればせながら隼之助は、才蔵の思惑を悟った。千秋の覚悟を確かめるため、この場に呼んだのだろう。昏かった滝蔵の表情に、一筋の光が射した。

「珠緒の身代わり」

愛娘と同い年ぐらいの娘と隼之助を、交互に見やっている。おおよその経緯はつかめたが、得心できない部分も残っていた。

「罠を仕掛けた廃寺に来たのは、弥一郎殿か。それとも慶次郎殿か」

隼之助は千秋に疑問を投げる。取次役のふりをするのは、もはや無用と判断した。気が急いていた。

「慶次郎様だと思いますが、わたしは少し離れた場所から見ておりましたため、暗くて顔がはっきりしませんでした。もしかしたら、弥一郎様だったかもしれません。若党らしき者を供にしておりました。三人連れでございました」

「では」

深い闇に覆われたのを感じた。やはり、刺されたのは、弥一郎なのか。それとも慶次郎か、あるいは伴っていた若党のだれかか。訊きたくなかったが、確かめねばならない。

「刺された者は無事なのか」

恐れを含んだ問いかけに、

「わかりません」

千秋はあっさりと答えた。流石にまずいと思ったのだろう、素早く続けた。

「先程も申しましたように、わたしは少し離れた場所から見ておりましたので。廃寺に入って行ったひとりが……」

「待て」

隼之助は遮って、問いかける。

「供をして来た若党は、一緒に入らなかったのか」

「はい。二人の若党は、寺の外で待っておりました。二人はわたしが仕留めるつもりでした。手裏剣を投じようとしたとき」

「寺から刺された侍が出て来た、か」

隼之助の呟きを、千秋が受ける。

「はい。二人がひとりを抱えておりましたが、だれが傷を負ったのかまでは、確かめられませんでした」

おそらくその後、珠緒と手代は大急ぎで廃寺から逃げ出した。隼之助たちが着いたのは、ひとつの騒ぎが終わった後だったわけである。待ち構えていたのは、野太刀示現流の遣い手を交(まじ)えた刺客部隊。

——此度の騒ぎで動いたのは、富子様だけではない。

隼之助は忙しく考えている。少なくとも、二つの動きがあったはずだ。富子の標的は、隼之助のみ。にもかかわらず珠緒組は、弥一郎兄弟を誘(おび)き出すことに成功している。隼之助に仕掛けられた罠を知ったうえで、だれかが弥一郎兄弟にも罠を仕掛けたのではないだろうか。

考えこむ時が長すぎたかもしれない。

「壱太（いちた）」

才蔵の呼びかけで、隼之助は上段の間に入った。千秋の申し出を受け入れるか。あるいは珠緒を下手人として訴え出るか。二つの若い命が、今、天秤（てんびん）にかけられていた。どちらかに傾けるのは至難の業（わざ）、二人とも死なせたくないというのが本音だった。

「いかがいたしますか」

小頭はすでに千秋を差し出すべきだと考えている。おそらく父——多聞も生きていたら同じ考えだったのではないだろうか。しかし、隼之助は踏み切れなかった。

「下手人は、富子様だ」

考えながら言った。才蔵が小さく息を呑む。

「ですが」

「わかっている。珠緒さんが侍を刺したのは間違いない。なれど、幸いにも見たのは、供をした手代と千秋だけだろう。富子様に命じられた刺客が、誤ってだれかを刺した。それで押し通すのは無理か？」

「弥一郎様の方から訴えが出るかもしれません。あるいは珠緒の供をした手代が、罪の意識に耐えきれず、『おそれながら』と自訴することも考えられます」

能吏の小頭は、万が一の事態を敢えて言葉にする。

「弥一郎殿は言わぬ。此度の騒ぎに母君が絡んでいるのを、察しているはずだ。訴え出れば逆に富子様の名誉に傷がつくやもしれぬ。侍の習いに従い、沈黙を守るに相違ない。いや、すでに訴え出られる状況ではないかもしれぬが」

真っ直ぐな気性の異母兄は、まだこの世にいるだろうか。数々の苦難と時を経て、ようやく心の奥深いところで、ほんの少し、そう、わずかではあるものの、結びついたように思えたものを……。

「珠緒の供をしたという手代につきましては、いかがなされますか」

才蔵の問いかけで我に返る。始末した方がいいのではないかという、血腥いひびきがあった。騒動の火種は、消しておくのが得策。小頭は非情な役目を自ら買って出るのが常。隼之助のためであるのは言うまでもなかった。

「主にまかせるしかあるまい。人の心は弱いもの。鬼役と〈笠松屋〉の身代を、その手代にゆだねるも同然ゆえ、案ずる気持ちはわからぬでもないが」

無益な殺生は、もうたくさんだ。ときどきに応じて、動くのがよかろう。案外、手代は愛しい珠緒への想いをつらぬきとおすやもしれぬ。

言葉にしなかったが、才蔵は読み取っていた。

「承知いたしました。千秋はしばらくの間、謹慎させ、珠緒さんはお咎めなしといたします」

「頼む」

告げて、もとの位置に戻った。滝蔵が縋るような目を向けている。才蔵が告げた言葉を聞くや、

「あぁ」

と、滝蔵は大きな嘆息を洩らした。しばし天井を仰ぎ見ていたが、

「ありがとうございます。この御恩は終生、忘れません。命を懸けて、鬼役様にお仕えする覚悟にございます」

畳に額をすりつけて誓った。

――甘い、と父上には叱りつけられるやもしれぬな。

苦笑いが滲む。心の裡でひびく〈声〉ではなかった。多聞そっくりの己が消えた代わりに、父の視線を強く感じていた。

――いざとなれば、おれが責を負えばいいだけのことよ。

腹を切る覚悟を、常に父も秘めていたのではないだろうか。そうであるがゆえに、あれほどの決断ができたのではないか。父を喪った後に、父を身近に感じる不思議を、またもや味わっていた。

「失礼いたします」

配下の声で障子を開ける。

「北村様がお越しになりました」

富子の父であり、公儀十人目付の一家、北村家の当主が訪ねて来た。あとは才蔵にまかせて、隼之助は廊下に出る。最後まで平伏し続けていた滝蔵の姿に、愚かな、しかし、そうせずにはいられない親心を見ていた。

四

そして、別室でも、隼之助は、そうせずにはいられない親心を、いやというほど見せつけられた。

富子の父——北村仁左衛門は、何度、促しても面をあげようとはしなかった。

「申し訳ございませぬ」

ひたすら詫びていた。古稀(こき)にそろそろ手が届く年ぐらいだろうか。髪は見事なほど白く変わっている。座敷に入ったときに、仁左衛門の顔を見ていたが、蠟(ろう)のような皮膚の色をしていた。体質診断が得意な隼之助も、それをする余裕をなくすほどの憔悴(しょうすい)ぶりだった。

〝そこへなおれ、富子。わしが成敗してくれるわ〟

とばかりに、自邸の庭で娘の首を斬り落としたのではないだろうか。常人ばなれした感覚が、真実を視(み)せたように思えたが……ふと浮かんだその〝絵〟を、隼之助は急いで打ち消した。

「北村様」

何度目かの呼びかけで、ようやく仁左衛門は面をあげた。なかなか目を合わせようとしなかったが、

「良き面構(つらがま)えになられましたな」

隼之助の顔を見たとたん、眩(まぶ)しげに目を細めた。好々爺(こうこうや)の表情になっていた。血の繋がりこそないものの、仁左衛門にとって隼之助は、もと義理の孫。話をした覚えはないが、それとなく鬼役の争奪戦(そうだつせん)を見守っていたに違いない。できれば弥一郎か慶次郎に、跡を継いでほしかっただろうが、この老人もまぎれもない侍のひとりだ。

「木藤殿も安堵なされておられよう。まことにご立派になられた。押しも押されもせぬ鬼役でござりまするな」

手放しの称賛を与えた。気恥ずかしくなるほどの褒め言葉だった。隼之助は苦笑いするしかない。

「それがしに務まりますかどうか」

「微力ながら、それがしもお力添えいたします」

ふたたび仁左衛門は平伏した。

「僭越ながら申しあげまする。此度の騒ぎにつきましては、ご公儀には木藤殿は急な病として届け出るのが宜しいのではないかと存じまする。まずは病届けを出したうえ、頃合いを見計ろうてご逝去の届けを出すのが得策。おまかせいただけますれば、それがしがうまく運びまする」

「かたじけない。仰せに従います」

即答に、驚きの表情を返した。

「は？」

「北村様に、おまかせすると申しました」

「なんと」

好々爺は一瞬、声を詰まらせる。みるまに目が潤み、はらはらと涙が流れた。多聞に富子を娶せたのは、木藤家の先代の隼之助と、眼前の仁左衛門。家と家の繋がりを考えただけの祝言であったのは確かだろう。決して仲睦まじいとは言えなかった多聞夫婦に、いささかなりとも責任を感じているのは間違いあるまい。

「不憫な女でござった」

問わず語りの言葉が出た。

「甘やかしたせいか、権高なところがござってな。想いを口にできませなんだ。女子は素直なのが一番だと、何度も言い聞かせたのでござるが」

父親の目から見てもそれとわかるほどに、富子は多聞に心を寄せていた。かつては森岡勘十郎と恋仲だったかもしれないが、嫁いだ後は一途に夫を想った。それなのに、多聞の気持ちは自分を素通りして、他の女子に向けられた。

――父上は、母上を忘れられなかったのやもしれぬ。

富子に殺められたのかもしれない母親の登和。子らの養育もあっただろうが、亡き登和の面影を求めて、多聞は花江を後添いに迎えたのかもしれなかった。

「終わりにしたいと思うております」

隼之助は和解案を提示する。

「北村家と当家の諍いは、父と富子様の死によって、氷解したものと考えまする。それがしは、まだまだ未熟者。北村様のご助言を賜れればと存じます」

「それがしの答えは先程と同じでござる。及ばずながら、新しい鬼役に力添えいたしたく存じまする」

涙目のまま、力強く頷いた。多聞と富子が残した遺恨や確執は、一日も早く取り除くのが肝要。隼之助は無駄と思いつつ、問いかけを発した。

「弥一郎殿と慶次郎殿は、何処におられるのでござろうか」

「残念ながら、存じませぬ。なれど、なにか知らせが来た折には、すぐにお知らせいたしまする」

鵜呑みにはできないが、ある程度、真実を告げているのではないだろうか。隠し立てすると、よけい面倒なことになるのはわかっているはず。そこまで馬鹿ではないと思った。

「大御所様のことでござるが」

隼之助の言葉に、仁左衛門の言葉が重なる。

「隼之助殿は、市井で再生屋を営んでおられるとか」

「え」

驚きを隠せない。感情をあらわにしてはならぬという、父が遺した御膳帳の教えを早くも破っていた。

「いや、木藤殿とそれがしは、馬が合うというのか。娘も知らぬと思いまするが、折にふれては一献、傾けていた次第。富子と離縁した後は、外で会うようになり申したがの。木藤殿は〈だるまや〉の話を、それはそれは楽しげに話しておられましたぞ」

仁左衛門は告げた。

〝いちおう人助けでござるが、金にはならぬようでござってな。隼之助は四苦八苦の様子。それでも助けた者の喜ぶ顔が、なによりと思うようになっているのではないかと〟

「父上が」

仁左衛門に話していたのは意外だったが、そういえばと、思い出していた。多聞は必ず〈だるまや〉の依頼のことを訊いた。そして、またその内容をよく知っていた。やはり、仲介役となっている馬喰町の旅籠〈切目屋（きりめや）〉に、隼之助のことを頼んでくれたのは、父だったのではないだろうか。

「続けてほしいと言うておられました」

またもや意外な言葉が出る。

「鬼役を継げば、そうそう市井の者にかかわれぬやもしれぬが、できるだけ続けてほしいと、木藤殿より聞いた憶えがござる」

少しでも自由にと思ってくれたのかもしれない。当初は放り出されたように感じて、あれこれ考えたりした。町人として生きよと言われたように思えて、怨みがましいことも思った。

「励みにいたしまする」

心からの言葉になった。続けられるかどうかはわからない。いや、逆に再生屋として生きる道を選ぶかもしれないが、それまでは二つの顔を使い分けようと決めていた。侍と商人。

両者の間で水面下の戦が起きている今、冷静な目を持つためにも、それが必要なように感じていた。

「大御所様ですが」

隼之助は話を戻した。

「此度の騒ぎを、いかようにお伝えすればよいのか。真実をお話しするべきかどうか、いささか思案しております」

「ふむ。すでに伝わっておろうがの。新しい鬼役のことを気にかけておられれば、近々にお召しがありましょう。さして興味がなければ、忘れた頃にお声がかかるやもしれませぬ」

仁左衛門は、かなり正直な答えを返した。義理のもと祖父と孫は顔を見合わせて、にやりと笑っていた。

「お言葉、肝に銘じます」

「さようか」

仁左衛門はふたたび唇をゆがめたが、足音に気づいたのだろう。障子が開くのを待つように見つめていた。

「隼之助様。御城より使いが参りました」

才蔵の知らせを、仁左衛門が代弁する。

「お召しじゃ。大御所様は『鬼の舌』を手放すまい。木藤家の安泰は、膳之五家、ひいては大御所様の安泰に繫がる。重い御役目じゃが」

ふと言葉を切って、続けた。

「忙しかろうが、たまにはこの爺の相手をしていただけませぬか。壁が相手ではいささか興がのらぬ。それがしと酒を酌み交わしてくれるとありがたい」

とぼけた物言いに思わず笑みを浮かべる。

「お誘いいたします」

この妙な明るさはなんなのか。

多聞と富子が死に、波留は行方知れず、さらに弥一郎と慶次郎の行方と安否もわからない。あまりにも辛い現実から、のがれるためなのか。

「む」

不意に隼之助は、奇妙な気配をとらえた。やや遅れて才蔵も背後を振り返る。屋敷の庭が急に騒がしくなっていた。

「確かめて参ります」

立ちあがろうとした才蔵より先に、隼之助は座敷を飛び出した。刹那、頬をなにかが掠めすぎる。

手裏剣だった。優れた眼が、手裏剣の形をとらえていた。

障子を突き破って、座敷のどこかに突き当たる。

五

「北村様をお守りしろ」

命じて、隼之助は庭に飛んだ。雨はすでにやんでいる。曇天の下、黒い人影が、鴉のように舞い降りて来た。屋敷の表門や裏門、さらに長屋の外にも見廻り役がいるものを、それらの守りをたやすく突破していた。力を見せつけるような荒技は、『北鞘町の戦い』を髣髴とさせた。

「木藤隼之助」

庭に降り立ったひとりが、忍び刀を突き出した。もしや、あのときの意趣返しか。隼之助は左手で懐の短刀を握りしめている。木藤家の隠し紋が入った鬼役を示す短刀。が、抜かずに素早く攻撃をかわした。

「いたぞ」

「お頭じゃ」

ひとり、二人と賊が集まって来る。むろん隼之助部隊も、おとなしくしているわけがない。男たちの背後に迫り、忍び刀を繰り出した。

「殺すな」

隼之助は告げながら、賊の忍び刀を右に避ける。身体の向きを変えようとした男の腕を素早く手刀で叩いた。握りしめていた忍び刀が地面に落ちる。相手が拾う前に、鳩尾を突いていた。落ちた忍び刀を己の武器にして、あらたな敵を迎え撃つ。

「死ねっ」

体当たりするような一撃を、直前で軽くかわした。消えたように見えたかもしれない。男は勢いあまって、つんのめるような格好になった。後ろにまわって尻を蹴りつける。顔から地面に叩きつけられた男の後頭部に、良助がとどめの一撃をお見舞いした。

「お頭」

隼之助の傍らに付こうとしたが、そうはさせじと二人の敵が躍りかかって来る。またしても、ぎりぎりまで引きつけた後、隼之助は良助に合図を送る。二人同時に飛んでいた。隼之助は右、良助は左。助走なしの跳躍に目を奪われたその一瞬を、他の配下たちは見のがさない。攻撃しようとした二人の胸と鳩尾を拳で打った。

あと何人、残っているのか。まだ七、八人はいるように見えた。隼之助は敵の攻撃をかわしつつ、違和感を覚えている。

――おかしい。

通常は夜陰に乗じてとなるものを、昼日中、突入して来たのはなぜなのか。さらに賊からは、あまり殺意が感じられなかった。稽古というには緊迫しすぎているが、さりとて襲撃とも断定しかねる曖昧さが、敵の動きに表れている。

「隙を見て、お逃げください」

良助たちが、隼之助の守りを固めた。賊は何者なのか。過日、才蔵がちらりと口にしたように、『北鞘町の戦い』を仕掛けたのは、お庭番たちなのか。御城が大御所派と十二代将軍家慶派に分かれているように、お庭番もまた二つに分かれてしまったのか。

「今のうちに」

二度目の良助の言葉もまた聞こえないふりをした。右から来た賊の突きをかわして、素早く腕を叩いた。忍び刀が落ちたのを見ながら、男の首を手刀で打つ。あくまでも気絶させるにとどめていた。良助たちも見習いたかったかもしれないが、そこまで余裕がなかったのだろう。良助が放った忍び刀の一撃を、かろうじて止める。

「ならぬ」

と仲間の腕を摑んだ。しかし、そこに賊の刃が突き出される。隼之助の意図を感じ取ったに違いない。良助たちは、かわし続ける策に出た。右に左に舞うような動きで、隼之助部隊は徹底的に避ける。この屋敷の庭は、まさに己たちの稽古場。ひとりが囮役になり、もうひとりが相手の腕を打ち、忍び刀を奪い取る。

「こっちだ」

配下の背中を借りて、隼之助は、宙高く舞いあがった。着地点で待ちかまえようとした男に、良助が背後から忍び寄る。素早く後頭部を叩いて地面に沈めた。先刻と同じような技だったが、たやすく引っかかるあたりが甘いと言えなくもない。

「はっ」

着地した隼之助は、別のひとりの忍び刀を叩き落とした。すかさず配下が男の鳩尾を突いた。ひとり、またひとりと確実に倒していく。軽業まがいの技だったが、賊を翻弄するには充分だった。

──やはり、殺気がない。

先程と同じ違和感を確かめている。これは鬼役に就いた祝儀の挨拶か。隼之助は庭に素早く目を走らせる。賊の頭はどこにいるのか。自分たちの動きや技を、冷静に見つめているのではないか。

とそのとき、

──まずい。

目の端に香坂伊三郎の姿をとらえた。『はやちの伊三郎』という異名を持つ若き剣客は、するすると賊の背後に忍び寄る。気づいた獲物が振り向いたときにはもう遅い。動かぬ骸になっている……。

「伊三郎殿」

隼之助は走った、狙われた獲物のもとに駆け寄った。他の者では間に合わなかっただろう、男を庇うように立つ。

伊三郎が右蜻蛉を振り降ろす直前、

「う」

隼之助の左の首で、ぴたりと刃が止まった。

「香坂伊三郎」

「『はやちの伊三郎』か」

失神を免れていた数人が、慌てて間合いを取る。隼之助によって命を救われた男は、尻もちを突くようにへたりこんでいた。蛇に睨まれた蛙のごとく、金縛り状態になっていたに違いない。

「稽古だったのか」

伊三郎がぽつりと言った。

「どうりで殺気が感じられぬはずよ」

ようやく刀を鞘に収める。

「その割には、力が入っていた」

隼之助の言葉に、

「曖昧なときは斬る」

そっと苦笑いを返した。大御所家斉の寵愛を受ける遣い手は、薩摩藩を脱藩して、野太刀自顕流を名乗っている。数々の修羅場をくぐり抜けて来た男の言葉には、ずしりとした重みがあった。

「まだ離れていないな」

隼之助は言い、確かめるように自分の首を撫でた。伊三郎の苦笑が、笑みに変わる。笑い合う二人を置いて、周囲は静まり返っていた。

「邪魔をして悪いが」

錆びた声が割って入る。いつの間に現れたのか、男がすぐそばに立っていた。年は三十前後、浅黒い肌を持つ精悍な感じの男だった。配下らしき者を二人、従えている。失神を免れた残党が、とたんに畏まった。

「お頭でござるか」

隼之助の問いかけに、背後から答えがひびいた。

「梶野左太郎様にござります」

才蔵が飛ぶように駆けつける。

「おひさしゅうございます」

蹲踞した才蔵を、左太郎は見おろした。

「才蔵か。ひさしいの。みなが噂する新しい鬼役の心と技が知りたくてな。いささか荒っぽい挨拶をした次第よ」

と、目をあげる。

「梶野左太郎でござる。跡目を継いだばかりでござってな。その点においては、貴公と同じじゃもしれぬ。此度は古老たちより、梶野家が肝煎役を仰せつかった次第。はからずも、それがしが選ばれ申した」

あらためて辞儀をした左太郎に、隼之助も辞儀を返した。

「木藤隼之助でござる」

「なにゆえ、賊を御身で庇われたのか」

左太郎が訊いた。心から不思議だったのかもしれない。先刻の北村仁左衛門同様、飾り気のない正直な問いかけが出た。

「ほとんど殺気がござりませなんだ。ゆえに挨拶なのやもしれぬと思うた次第。庇うたのは、結果的にそうなっただけのこと。伊三郎殿が相手では、間に合わないと思うたがゆえでござる」

隼之助も正直に答えた。

「なるほど。それをしなければならぬほどに、『はやちの伊三郎』の剣は速い、か」

すでに伊三郎は、母屋(おもや)に足を向けている。お庭番同士の争いや話には、興味がないと示していた。

「茶を一服、いかがでござるか」

隼之助は会談の場を提示する。

「頂戴(ちょうだい)しよう」

左太郎は躊躇(ためら)いなく受けた。

ここに来た理由を告げているも同然だった。事が早く動き始めているのを、隼之助は感じている。

お庭番が抱えていた問題に、二人の若き頭が向き合おうとしていた。

六

お庭番は、八代将軍吉宗(よしむね)公が、将軍職を継ぐにあたって、二百名あまりの紀州(きしゅう)藩士を、幕臣団に編入したのが始まりとされている。

その際、側近役の大半と、お庭番全員を旧紀州藩士で固めていた。さらに『お庭番家筋』については、全員が旧紀州藩士の世襲と定めている。

お庭番家筋は全部で十七家。

将軍直属の隠密部隊といえた。梶野家は現在、両番格御庭番の御役目を賜っているが、かつては勘定奉行の御役目に就いたこともある家柄だ。お庭番の中でも名門といえるだろう。隼之助が鬼役にならなければ、こうやって話をすることなど叶わなかったに違いない。

茶を楽しんだ後、

「ひとつに纏まっていたお庭番の間に、綻びが生じたのは、大御所様が鬼役をもうけられた頃でござる」

左太郎は告げた。苦悩とかすかな怒りがこめられているように思えた。為政者の気まぐれによって、振りまわされる家臣団。鬼役とお庭番は、表面上は取り繕いながらも、二つに分かれざるをえなかった。

「梶野家の中でも、将軍派と大御所派に分かれてしもうた次第。十七家のほとんどが、似たような有様でござる。若い者は鬼役に惹かれるようでござってな。特に新しいお頭の、仲間に対する心を噂話で聞くや、親に黙って鬼役入りする者が出る始末。噂にすぎぬと思うており申したが」

そこで左太郎は、隼之助と目を合わせた。

「賊として侵入した者を庇う姿を見て、なにか、こう、胸の奥から熱いものがこみあげてくるのを感じた次第。若い者が走るのも無理からぬことかと」

「無我夢中でござりました。伊三郎殿が本気であれば、間に合わなかったと思います。間一髪でござりました」

「敵地に乗りこむようなものでござるゆえ、みな覚悟はしており申したが」

左太郎は「覚悟が足らなんだ」という顔をしていた。

「仮にそうだったとしたら、今頃、みな伊三郎殿に」

語尾が曖昧に消える。左太郎は身震いした後、続けた。

「いや、覚悟が足らなんだのが、幸いだったやもしれませぬな。身体が左右に分かれておらぬか、確かめている者もおり申した。自分でも気づかぬうちに、あの世へ送られているのではないかと……いや、木藤殿。笑いごとではござらぬ」

言われて、笑みを浮かべていることに気づいた。

「申し訳ありませぬ」

「それよ」

　左太郎もつられたように笑みを洩らした。

「鬼役の座に就いてなお、謙虚さを失わぬのは立派でござる。配下のお庭番をあくまでも仲間と呼ぶことに感じ入って、若い者は己の命を懸けるのでござろう。将軍派の長老たちは、ふんぞり返るばかりでござるゆえ」

　いささか率直すぎるのではあるまいか。

「手厳しいことを」

　隼之助はつい窘めるように告げていた。

「まことの話をしただけでござる」

　告げた後、ふと左太郎の表情がくもる。

「それがし、例の『北鞘町の戦い』の折、兄と弟を喪い申した。ゆえに跡目を継ぐことに相成った次第。同じでござるよ」

　自分も本妻の子ではないと、暗にほのめかした。ゆえに梶野家の跡継ぎに選ばれたのかもしれないが、逆に隼之助は警戒心を強めた。こういう場に家族間のしがらみや確執を持ちこむのはご法度。多聞であれば、すぐさま席を立ったのではないだろうか。

　油断できない。

「仲間同士の争いは、終わりにすべきではないかと存ずる」

隼之助は、きっぱりと言った。

「それがしも同じ思いでござる」

ひと呼吸、置いて、左太郎は言った。

「まさに今のお言葉どおりの話が、古老たちの口からも出始めたとき、木藤様から文が届き申した」

手打ち式の場を持ちたく候。

いたって簡潔な、しかし、重い意味を持つ申し出だった。いかがでござろうかと、普通はお伺いをたてるものだが、それをしないところに、多聞らしさが表れている。断れば、さらに血腥い争いが続くのは必至と、匂わせている部分もあった。

——家慶様の方に、都合の悪い事態が起きているのやもしれぬ。

隼之助は、この昼間の襲撃の意味を、できるだけ正しく読み取ろうとしていた。手打ち式を無条件に受け入れる裏には、なにかが隠れているように思えた。あるいは家慶派と思っていた薩摩藩の動きに、不穏な気配が濃くなったか。それとも手を引く素振りを見せたか。

——大御所様の脅しが効いたか。

心の中で呟いている。過日、家斉は薩摩藩主——島津斉興を呼びつけ、茶器を下賜していた。将軍が大名に茶器を贈るのはすなわち、隠退せよという謎かけだと言われている。連判状に名を連ねていた斉興を含む大名や旗本は、青くなったに違いない。肩入れしていた家慶と、少し距離を置いたのが、此度の手打ち話なのかもしれなかった。

「異存はござらぬ」

即答した隼之助を、左太郎はしみじみ見つめた。

「なにか？」

「いや、かような場合、後日、返事をいたす云々となるのが普通ではないかと思いましてな。驚いている次第」

「これ以上、どちらの血も流したくありませぬゆえ」

木藤家の御家騒動に、巻きこまれた波留や、異母兄弟を想った。そして、将軍家の御家騒動もまた血を招ぶ騒ぎになっている。もういい、もうやめようではないか。もとは同じお庭番、争うことはない。

「承りました」

左太郎は畏まる。

「急ぎ、立ち帰って、長老たちに伝えまする」

口ではそう言いつつ、なかなか立ちあがろうとしない。仕方なく訊いた。

「まだなにか？」

「木藤様は、病届けを出された由。先程の軽業は、見舞いを兼ねてのことでござる。ご挨拶できるようであればと思いまして」

露骨に探りを入れていた。今日の訪れの一番大きな理由はこれではないのか。多聞が逝去したことは、すでにつかんでいるはず。さぞかし狼狽えているだろうと思い、手打ち話をちらつかせて、揺さぶりをかけるつもりだった。あにはからんや、隼之助が意外なほど落ち着いているため、狼狽えるのは左太郎の方になった。

――そんなところか。

冷静に読んでいる。

「かねてより、父は、膈の病を患っており申した。此度はそれが悪くなった次第。なれど、それがしが鬼役に就くのは不安なのでござろう。臥せってはおりまするが、いまだしっかと目を見ひらいておりまする」

すらすらと偽りが口をついて出た。隼之助の態度を見て、左太郎も得心したのかもしれない。

「さようでござるか」

疑惑の目を向けながらも追及しなかった。おそらく馬喰町の旅籠で起きた刃傷騒ぎを知っているはずだが、そこまで踏み込めないのはわかっている。武家の習いに従って、疑問を封じこめたに違いない。

「そういえば」

ふと思い出したように言った。

「祝言はいつでござりまするか。早めに所帯を持てと、大御所様からも告げられているのではござらぬか」

一歩、踏みこんでくる。話はつかんでいるのだと告げていた。家慶派のお庭番も馬鹿にしたものではあるまい。隠し事はできぬ。どこまで腹を割って話すか、見届けるのがおれの役目よ。

そんな印象を受けた。

「想う女子はひとりだけでござる」

隼之助は、あくまでも正直に応えた。

「水嶋波留殿、ただひとり」

不利になるとわかっていた。探すのを手伝う代わりにと、条件を出されるかもしれない。さらに手打ち式を有利に運ぶ切り札に使われるかもしれない。

——それでも。

行方知れずの波留を想った。陵辱されているかもしれない女子、自害してしまっただろうか。雪也の妹、佳乃の慰めを受けた裏に、これであいこだという気持ちがなかったと言えば嘘になる。佳乃を抱いて、なにかが吹っ切れたのはまぎれもない事実。その気持ちを自分なりに考えた結果、この答えとなっていた。

「木藤殿、いや、隼之助殿」

左太郎は呼びかけたものの、言葉が出ないようだった。少しの間、見つめていたが、やがて、深々と辞儀をした。

「及ばずながら、力添えいたしまする」

どちらに転ぶかはわからない。

が、賽（さい）は投げられた。

第二章　優曇華の花

一

二日後の早朝。

隼之助は、日本橋橘町の裏店〈達磨店〉に向かっていた。多少、蒸し暑くなっているが、道端の青々とした雑草さえもが愛おしく思えた。気がつくと、花江から感じた〝絵〟を思い浮かべている。

——視えたとおりであればよいが。

その様子に気づいたのか、

「なにをにやにやしておるのじゃ」

隣を歩いていた将右衛門が訊いた。護衛役というふれこみだが、隼之助はさぼり役だと思っている。借りている裏店で、のんびり羽を伸ばすつもりに違いない。雪也とは昨夜、会っていたが、慶次郎の手がかりをつかんだのか。すぐにまた探索に出たため、同道していなかった。

「なんでもない」

「という顔ではないがの。まあ、よいわ。笑顔が出るようになったのは幸いよ。あのままでは、どうなることかと……」

「先に行く」

言い置いて、走った。もしかすると、波留がいるのではないか。自害を思いとどまって、訪ねて来ることも考えられた。あの家であれば長屋の住人たちも温かく出迎えてくれるだろう。わずかな望みに縋(すが)った。

波留が見つかれば配下から知らせが来ると、わかっているのに気が急(せ)いた。なにより探しに出ていた将右衛門の口から朗報は出ていない。それでも諦(あきら)めきれなかった。

——だれかいる。

家の中に人の気配が在(あ)った。

戸を開けようとしたが、

「待て」

将右衛門に止められた。

「わしが先じゃ」

「息があがっているではないか、将右衛門。少し走っただけでそれか。酒の飲みすぎだな。だらしのないことよ」

「毒舌は今朝も健在か。なれど、小石川を出て以来、ほとんど走りどおしではないか。息があがらぬのは、おぬしぐらいのものよ」

「充分な稽古をすれば……」

話しているうちに戸が開いた。

「朝っぱらから、でかい声、出すんじゃねえ。ここは野中の一軒家じゃねえぞ。しずねくて、子らが目を覚ますでねぇか」

〈達磨店〉の主と言われる三婆のひとり、おとらが顔を出した。奥州訛り丸出しの言葉は、亡き祖母を甦らせる。母の登和亡き後、十歳まで隼之助を育ててくれた。隼之助はおとらに、亡き祖母の面影を見ている。

「うるさくて、子らが目を覚ますか。すまぬ」

訳して、隼之助は土間に足を踏み入れた。すでに飯が炊きあがっている。味噌汁の匂いに、我知らず腹の虫が応えた。

「お」

おとらが、おどけた顔になる。

「催促しているでねか。まったく困ったもんだがね。いつ帰って来るかわかんねがら、飯を炊いておいていいものやら。けんど、今朝方、隼さんの夢を見たからよ。きっと帰って来るに違えねえと思ってただ」

差し出された雑巾で足を拭き、四畳半の座敷にあがる。将右衛門もあがって来た。隼之助は町人姿、将右衛門は以前よりもこざっぱりした侍姿で、傍目に見れば、おかしな盟友同士に見えるだろう。

しかし、おとらは、よけいなことは口にしなかった。

「おらはもう済ませたからよ。あとは隼さんたちでやってくれ」

さっさと出て行こうとしたが、

「おとらさん」

隼之助は呼び止めた。

「その、なにか、そうだ。〈切目屋〉から連絡は来なかったか」

本当は波留の話を訊きたかったのだが、なにかあれば、顔を見た瞬間に告げるはず。そう思って、すぐに話を変えた。

「昨日の夜、使いが来ただ。それもあったんでよ。そろそろ帰って来る頃じゃねえかと思ったのさ」

「そうか」

「明日、つまり、今日のことだけんどよ。また来ると言ってたから、あとで来るんじゃねえのか」

「すまないな、おとらさん。助かるよ」

「猫よりは役に立つの」

　将右衛門の呟(つぶや)きに、おとらは睨(にら)み返して、家を出て行った。隼之助は大の字になって横たわる。味噌汁や飯の匂い、起き出した住人たちのざわめき、かわされる挨拶(あいさつ)、早くも出かけて行く職人の足音。

「ここに来ると、ほっとする」

　しみじみ常(ふだん)を味わっていた。波留が来ていた家、波留の気配が残る家。契りは結んでいないが、心は今も固く結びついている、はずだ。

　――波留殿。

　かすかに残る愛しい女子の気配を吸いこもうとしたとき、

「早う飯にしようではないか」

将右衛門が土間に立ち、飯と味噌汁をよそい始めた。

「不粋なやつめ、人が浸っているのに」

苛立ちを覚えたとたん、また腹が鳴っていた。

「待てまて、今、支度をするからな」

大飯食らいの盟友が、箱膳に味噌汁と飯、漬け物、鹿尾菜と油揚げの煮物を載せて、運んで来る。隼之助は訝しげに二つの箱膳を見やった。

「箱膳など、この家にあったか」

「才蔵さんであろう。いずれ戻って来る波留殿のことを考えて、用意したに相違ない。気が利くからの」

「うむ。おぬしとは正反対だ」

「ほ。またしても悪態が出たわい。お頭様はお元気じゃ。それで」

と、将右衛門は話を変えた。

「だれかに聞かれてはなるまいと思い、道中は控えていたがの。木藤様の件はいかがするつもりじゃ。あのままにはしておけまい」

この季節ゆえ、そろそろ臭い始めていた。保たせるため、塩漬けにするという策もあるが、罪人に多く用いられるやり方ゆえ、気が進まない。食事時に避けたい話ではあるものの、そうも言ってはいられなかった。ここは密談に適している。

「大御所様にお目通りするまでは、生きていた方がよかろうと思うてな。香を焚きしめるよう、才蔵さんに言うた次第よ」

「鬼役ともなれば、たやすく死ねぬか。あの世で苦笑いされておろうな」

「『当然じゃ』と涼しい顔をしておられるさ。将軍派のお庭番に、和解案を提示していたのは流石だがな。死ぬのがわかっていたとしか思えぬ」

「膈の病に罹っておられたゆえ、覚悟ができていたのであろう。梶野左太郎であったか。わしと雪也は会うておらぬが、信じられるのか」

　左太郎の話は、昨夜、盟友たちが揃った時点で告げていた。

「向こうも同じことを思うているだろう」

　隼之助はさらりとかわしたが、

「罠やもしれぬ」

　将右衛門は踏みこんでくる。

「ありうることよ」

「お頭様は余裕じゃのう。自信たっぷりではないか」

「開き直っているだけさ」

「いやいや、意味のない自信が漂うておるわ」

一膳目を食べ終えて、将右衛門は土間に降りた。梶野左太郎との会談は、有意義だったが、はたして、あれでよかったのかどうか。

――父上には怒鳴りつけられるやもしれぬ。

多聞を思い浮かべると、自然にまた花江の姿とともに、あの〝絵〟が浮かんだ。こんもりと盛りつけた飯を手にして、将右衛門が戻って来る。ちらりと隼之助を見やった。

「さいぜんも言うたが、なんじゃ、そのにやけ面は」

と、指に付いた飯粒を忙しく口に入れる。

「希望よ」

「なに？」

「いや、今はまだ断定できぬゆえ、詳しい話はできぬ。あるいはその希望にだけ集中することによって、他の重い話にとらわれぬようにしているのやもしれぬが」

「ふうむ」

将右衛門は飯を頬張って、しばし考えこむ。

「それは、あれだな。身籠もっている我が女房にだけ目を向け、これから生まれてくる赤児の重責にとらわれぬようにしているのと同じことやもしれぬの」

「確かに身籠もっている女房殿は、おぬしにとって希望やもしれぬな」

「クソ真面目に言うでない。前にも話したではないか。すでに腹に赤児がいるとなれば、赤児ができる心配をしなくてもよい、とな。ゆえに思う存分、あれを楽しめる」

「あれが今のおぬしにとっては希望か」

「さよう」

神妙な顔で頷いた。隼之助は思わず吹き出している。雪也もそうだが、将右衛門もこうやって憂さを晴らしてくれるのがありがたい。

「ところで、お頭様よ。次に調べるお店などは、決まっているのか」

半分ほど残った飯に、味噌汁を掛けて、啜り始めた。隼之助は花江が持たせてくれた梅干を出してやる。

「かたじけない」

「クソ真面目に言うでない」

先刻のお返しをして、続けた。

「父上の御膳帳に、次のお店が記されていた。日本橋室町一丁目の茶問屋〈山菱屋〉よ。才蔵さんの話では、すでに配下を潜入させているとか」

「大店じゃの」

将右衛門の箸が止まる。隼之助は食べ終えて、箱膳ごと土間の洗い場に運んだ。

「大御所様へのお目通りを済ませてから、取りかかるつもりだ。これを」

懐から二枚の調書を取り出した。

「〈山菱屋〉について大雑把ではあるが纏めておいた。雪也もあとで姿を見せると思うが、おれは出かけねばならぬ。渡しておいてくれ」

「承知した。〈切目屋〉に行くのか」

大男は、かようなときにと言いたげだった。今は鬼役の御役目だけに集中すればよいではないか。波留殿や弥一郎兄弟の行方も探さねばならぬ。再生屋は落ち着いてからにした方がよかろう。

そのとおりだったが、理屈ではないなにかに突き動かされている。

「続けてほしいと父上が仰せになられていたそうだ」

父を言い訳にしていた。

「それに、いつまで鬼役を続けられるかわからぬではないか。次を考えておくのが得策よ。今年いっぱい務められれば上出来ではないかと、おれは思っているのでな」

「ありがたいお務めも今年限りか」

将右衛門は、いつものようにあっさりしていた。決まった給金がもらえる務めを、侍が探すのはむずかしい。あらたな奉公口を探すのは容易ではなかった。

「案ずるな。おぬしと雪也は残れるよう、才蔵さんに頼むつもりだ。だれが継ぐかはわからぬが、木藤家は残るだろうからな」

そこでふっと笑みが滲んだ。

「なんじゃ、またその笑いか」

すかさず将右衛門が見咎める。

「どうも様子がおかしいの。まあ、それはそれとしてじゃ。いずれにしても、わしは若きお頭様に従う所存よ。雪也は残るやもしれぬが、わしはご免蒙るわい」

「そうか？」

隼之助は、意味ありげな目を向けた。箱膳を流し場に運びながら、将右衛門は怪訝な眼差しを投げている。

「わからぬ。やけに楽しげなそれが、やけ。さよう、やけになっているとしか思えぬ」

「つまらない駄洒落だ」

「うるさい。それはそうと、梶野左太郎のことはどうするつもりじゃ。しばらく様子を見るのか。それとも配下に探らせるのか」

「返事待ちだ。手打ち式をいつにするか、決まった時点で連絡が来る」

「太っ腹じゃのう。お庭番の女子たちが噂しとったぞ。『流石はお頭様。他の男とは違う』などとな。あらためて命を懸けることを、誓い直したとも聞いたが、あれはいかような意味じゃ?」

「さあて、な」

はからずも波留への想いを、初対面の左太郎に吐露する結果になっていた。しかし、盟友たちには、そこまでの話はしていない。思い出すと頬が熱くなる。ごまかすように告げていた。

「〈切目屋〉に行って来る」

少しの間、重い話を忘れたい。

隼之助は裏店の家を飛び出していた。

二

馬喰町二丁目の旅籠〈切目屋〉は、普通の客も泊まるが、場所柄、訴訟のために江戸を訪れる者の宿泊場所として利用されることの多い公事宿だ。

　隼之助は、普通の訴訟ではない『外れ公事』を扱う再生屋として、見世の立て直しや、新しい商いの手伝いをするというのを売りにしている。公事と籤をかけていたが、洒落ほど簡単にはいかないのが常だった。つい先日、見世の立て直しを手伝った〈船津屋〉に、思わず足を向けている。

　──流行っているようだな。

　客の出入りや、店先で優曇華餅を売る様子を見て、安堵の吐息をついた。父が刺された旅籠はまた、主夫婦の倅が殺められた場所でもあった。度重なる血腥い騒ぎを聞き、客が引いてしまうのではないかと思ったが……騒ぎから何日も経っていないのに、奉公人の数が増えていた。

〝主夫婦には、充分な金子を渡しておきました。すぐに木藤様を運び出しましたゆえ、騒ぎには気づかなかった者が多いのではないかと存じます〟

　才蔵の言葉どおり、見世は何事もなかったかのように商いを続けていた。多聞はそれを危惧するがゆえ、即座に「屋敷へ戻れ」と命じたのだろう。最後の命令には、〈船津屋〉の主夫婦への労りが、こめられているように思えた。

　──父上らしいと言うべきか。

意外に思えた一面こそが、実はまことの父なのではないだろうか。もはや答えは得られない。隼之助は主夫婦に気取られぬよう、見世をあとにする。背後には警護と連絡役を兼ねた二人の配下が付いていた。

「ごめんください」

〈切目屋〉に入ったとたん、戸口にいた番頭の与兵衛が、隼之助の足を蹴りつけようとした。が、隼之助はさりげなく避ける。伊三郎と行う稽古の成果だろうか。わざと遅くしているのではないかと思うほど動きが鈍かった。

「ちっ」

与兵衛は金壺眼に怒りをこめて、さも忌々しげに舌打ちする。以前はいちいち落ちこんだものだが、今は笑みを返せるほどになっていた。これはこの男なりの挨拶なのだと、妙に得心している。

「女将さんをお願いいたします」

「あら、壱太さん」

女将の志保が、奥の内所から姿を見せた。〈だるまや〉で動くときは、幼名の壱太を使っている。女将の年は四十前後、隼之助が食事や暮らし方の助言をしたお陰だろうか。以前よりも、だいぶ顔色が良くなっていた。

「さあさ、あがってくださいな。待っていたんですよ」

「お邪魔いたします」

なにげないやりとりが、今はなによりだった。諸々(もろもろ)の事柄をいっとき遠くに追いやれる。不意に波留の言葉を思い出していた。

〃案外、助けたつもりが助けられていた、ということになるのかもしれませんね〃

本当にそうだと実感している。ともすれば波留に向かって噴き出しそうになる想いを、かろうじて抑えた。いったん噴き出すと止められなくなりそうで恐い。

奥の居間に落ち着くや、

「今回は、かなり深刻な相談なんですよ」

女将の志保が切り出した。いつになく暗い表情をしていた。

「お話だけでも承りたく思います」

「お茶を造っている農家の訴えなんです。聞けば、ひどい話だとは思うんですけどねえ。ちょいと手に余るような感じがするんですよ」

志保は簡潔に説明する。駿河(するが)の茶農家を代表して、庄屋の久松(ひさまつ)が訴訟のため、江戸に出て来た。

〃てまえどもは、新茶ができますとすぐに、手に入れた茶の代金を借入先に渡しております。つまり、来年の収入を担保にして、借金しているような有様なのでございます〟

悲痛な訴えだった。茶の出来が悪い年は、借金が増えるばかり。農民はその日の食べ物にも困る暮らしが続いている。

「その話は、いつ頃、持ちこまれたのですか」

訊かずにはいられなかった。多聞がたまたま次の潜入先として茶問屋を選んだとは思えない。こういった動きがあったのを知るがゆえの、御膳帳なのではないだろうか。御膳帳は本来は、献立帳のことだが、多聞の御膳帳には、御役目のさまざまな事柄が記されている。

「ええと、一番はじめに久松さんが来たのは、そう、かれこれ二月(ふたつき)ほど前だったでしょうか。何軒かの公事宿をまわって、相談したらしいんですけどね。あまりにも面倒な話であるためか、断られてしまったと言っていましたよ」

やはり、と思った。幾つかの案件を抱えながら、今の御役目にすべてを懸ける。さまざまな目配り、気配りができなければ鬼役は務まらない。またしても父の偉大さを思い知らされていた。

――もしかすると、茶問屋の〈山菱屋〉がらみの話になるやもしれぬ。

そのための潜入なのではないか。あるいは久松の訴えを聞き、内々で調べを進めていたことも考えられる。

黙りこんだのを不審に思ったのだろう、

「どうかしましたか」

志保が顔を覗きこむ。

「あ、いえ、女将さんの仰るとおり、面倒な話だと思いまして」

「ええ、本当に」

小さく吐息をついて、目をあげた。

「それで……いかがでしょ？」

十八番の口癖が出て、なんとなくほっとする。日々の暮らしが変わらず続いていることに、平らかな気持ちをもらっていた。小石川や番町の屋敷の周辺は、あまりにも血の臭いが強すぎる。

「引き受けられるかどうかはわかりませんが、庄屋の久松さんに、会うてみるぐらいはできるのではないかと」

「よかった」

志保もまた安堵したような顔になる。

「いえね、庄屋の久松さん。あとでここに来ることになっているんですよ。この近くの公事宿に泊まっているんです。勝手に決めちまって申し訳なかったんですが、先様(さきさま)も会うだけでもいいからと仰いましたので」

「そうですか。では、こちらで少し待たせていただいても宜(よろ)しいでしょうか」

「もちろんですとも」

立ちあがりかけて、志保は動きを止めた。

「あの」

と、言い淀(よど)んでいる。多聞とどういう繋(つな)がりがあったのかはわからない。が、同じ馬喰町(ばくろちょう)の旅籠で起きた騒ぎを、耳にしていないはずがなかった。才蔵はさほど広まっていないような話をしていたが、はたして、そうだろうか。民はそれほど馬鹿ではないはずだ。

悩まないではなかったが、

「父が宜しく伝えてほしいと申しておりました」

隼之助は、思いきって告げた。

「…………」

一瞬、志保は息を呑(の)む。まだ生きているのか、それとも最期の言伝(ことづて)なのか。はかりかねているようだった。

しかし、馬喰町で公事宿を営む女主、

「そう、ですか」

よけいなことは口にしなかった。

「わたしからも宜しくとお伝えくださいな。木藤様が御役目を務めていらしたとき、色々と助けていただきましてね。感謝しているんです。もうご存じかもしれませんが、今までの御恩返しと思い、隼之助さんをお引き受けいたしました。却って、こちらが助けていただくようなことになっていますけどね」

「とんでもない。まだまだですが、いずれは〈だるまや〉として、商えるようにしたいと考えております」

「後押しいたしますよ。壱太さんは真面目に一生懸命、やってくれますからね。そうそう〈船津屋〉さんの優曇華餅は、評判になっています。うちに教えてくれればよかったのにと、あとで思いましたけれど」

最後の部分では、声が小さくなっていた。怨みがましい目つきをしたが、冗談まじりであることは口もとの笑みに表れている。

「すみません。女将さんからは、借金を返す相談は受けておりませんでしたので」

「借金だらけですよ。呉服屋の〈越後屋〉さんは現金商いですから、無理をして支払いを済ませておりますけれどね。小間物屋の〈白木屋〉さんや浅草の簪屋〈銀花堂〉さんなどには、ツケがたまっているんですよ」

半分、本気のような口ぶりになっていた。

「〈切目屋〉さんでも優曇華餅を始められてはいかがですか。馬喰町の公事宿の売りにするのも、悪くないのではないかと」

なにげなく出た言葉に、隼之助ははっとする。

――そうか。

波留が考えた優曇華餅。それが広まれば、波留に伝わるかもしれない。波留が戻って来るのではないか？

「そうでしょうか。〈船津屋〉さんから、文句が出たりはしませんか」

志保の疑問に、力強く応えた。

「大丈夫です。わたしの方から話をしてみますよ。念のために確かめて参りますが、喜ぶのではないかと思います。あちこちで売った方が、優曇華餅の名が広まりますから」

そうだ、話を広げればいい、馬喰町で優曇華の花を咲かせればいい。花江の〝絵〟

に加えて、もうひとつの希望が見えた。心が浮きたってくる。

「やりましょう、女将さん」

「それじゃ、お願いして……」

「久松さんが来ました」

与兵衛が遮る。金壺眼が陰湿な光を帯びていた。茶に腹下しの薬でも入れられるのではなかろうか。

――ご愛嬌か。

血で血を洗う戦いに比べれば、与兵衛の悋気など可愛いものだった。さらに二つの希望が浮かんでいる。

光ある明日に繋げたかった。

三

だが……光ある明日とは、無縁の者が多いのもまた事実。

「茶農家は食べていけません」

短い挨拶の後、庄屋の久松は切り出した。年は四十なかばぐらいだろうか。瘦せぎすで顔色の悪い男だった。髪には艶(つや)がなく、皮膚が乾燥気味に見える。

――血虚(けっきょ)だな。

隼之助は、得意の体質診断をしていた。血が不足した状態であるため、どうしても顔色が悪くなる。血を取りこむ脾(ひ)や肺、そして、生命力を蓄える腎(じん)に異常があるように思えたが、むろん口にはしない。

「江戸の茶問屋と在地の茶仲間による『外待雨(ほまちあめ)』が、原因ではないかと存じます。これによって茶の代金がさがってしまい、儲(もう)けが出なくなりました。思いあまってお奉行様に、訴え出たいと考えました次第です」

と、久松は話を続けた。

『外待雨』は、通常、局地的な限られた人だけを潤(うるお)す雨のことを言うが、久松はもうひとつの意味として使っていた。主人に内緒で家族や使用人が開墾(かいこん)した田畑や、蓄えたお金のこともまた『外待雨』と称するからだ。

「話の意味がわかりますか」

ちらりと探るような目を投げる。頼りなく見えたのかもしれない。この若造に『外待雨』の意味がわかるだろうかと、露骨に隼之助を試していた。廊下に控えている志保が、不安げな顔になる。小さく頷き返して、簡潔に答えた。

「限られた人だけが、潤っているわけですね」

「さようで」

多少は話が通じるじゃないか。そんな顔に変わる。

「そもそも騒ぎの発端は、二十年ほど前に始まっています。茶農家から在地の茶仲間、そして、江戸の茶問屋、つまり、十組問屋へという流れが決まったのが原因なのです」

「江戸の十組問屋が儲けを抜くことによって、茶農家に支払われる茶の代金が、それまでの半分と言っていいほどにさがった」

つい口にしていた。父が遺してくれた御膳帳の一部が甦っていた。

「そうです」

久松の目が輝いた。じりっと身を乗り出してくる。

「てまえどもは、年貢に支払う金子や、暮らしぶりに必要な金子まで、在地の茶仲間から借り入れております。そうしなければ成り立たないのです。お代官様にも申し立てましたが、取り合ってもらえませんでした」

代官も買収されていると言外に匂わせた。意を決して久松が、江戸の町奉行所に事の次第を訴えるべく、二度目の訪れとなったわけである。

——久松さんのような庄屋が茶問屋になって、江戸に出店を持ち、直売(じかう)りをすれば済む話だ。安く売っても相当な儲けが出る。

解決策は即座に出たが、在地の茶仲間や江戸の十組問屋が黙ってはいまい。だが、そうであるがゆえに、天下商人(てんかあきんど)の入りこむ隙間(すきま)ができる。茶農家による直売りの茶問屋に、大御所が天下商人の号を与えれば、久松たちは思うような商いができるだろう。

——とはいえ、簡単ではないな。

前回の醤油(しょうゆ)問屋でも、似たような戦いが起きている。侍と商人の戦(いくさ)と、多聞は言っていたが、いささか込み入った対立が見え隠れしていた。

大御所家斉(いえなり)と将軍家慶(いえよし)、在地の農家と江戸の大店。そして、江戸の大店同士の利権争い。家斉は、在地の農家と江戸の大店との間に横たわっていた諸々の確執や軋轢(あつれき)を、戦の場に引き出すことに成功した。

——父上の助言があったのやもしれぬ。

ここにきて隼之助は、侍と商人の戦の裏に隠れた真実を、読み取るにいたっていた。天下商人の号を与える裏には、御用金を差し出せという、無言の圧力が隠れている。今までの見世も当然、家斉に多額の金子を上納しているはずだ。この推察はおそらく間違っていまい。

「茶の見本は、お持ちですか」

隼之助は訊いた。久松は特に荷物らしきものは持っていなかったが、宿に置いてあるかもしれない。

「見本と申しますか。土産として少し持参いたしました。ご挨拶しました折、こちらにも差し上げております」

「持って来ますよ。ついでに美味しいお茶をいただきましょう」

腰を浮かせた志保を、久松が制した。

「お待ちを」

と、隼之助に視線を戻した。

「茶葉のままの方がいいですか。それとも飲みますか」

「両方、お願いいたします。あ、碾茶もあれば、お願いしたいのですが」

碾茶と聞いて、久松は目をみひらいた。

「詳しいですね。ですが、碾茶は〈切目屋〉さんには、お持ちいたしませんでした。宿にはございますので、あとでお持ちいたします」

多少、態度が改まったかもしれない。久松の目配せを受けて、女将の志保が茶の支度をしに行った。碾茶は抹茶の原料になる茶のことだが、残念ながら志保は茶を点てる趣味がないのだろう。

「茶問屋にご奉公したことがあるのですか」

今度は探りを入れてくる。

「はい。知り合いに伝手がありましたので、宇治の茶師に一年ほど、ご奉公したことがあります」

いつものように虚実ないまぜの答えを返した。多聞と宇治を訪れたとき、将軍に茶を献上する御物御茶師の家に、半年ほど奉公したことがある。諸国を旅しながら、鬼役に必要な知識と技を会得させようと、父は心を砕いてくれた。

それが、今、役に立っている。

「宇治の茶師ですか。それは凄い。まさか御物御茶師の家に？」

二度目の問いかけには偽りで応える。

「いえ、平茶師です。御物御茶師は、宇治の茶師の中でも最も格の高い茶師。わたしなどがご奉公できるわけがありません」

「そうですか。確かに御物御茶師は、公方様から朝廷へ献上するお茶や、東照宮をはじめとする公方様のご先祖・歴代の公方様のご霊廟に、ご奉納するお茶を調進する御役目ですからね。ご奉公はむずかしいかもしれません。ですが、平茶師でもたいしたものですよ」

「いえ、御物御茶師、御袋御茶師、公儀の雑用茶を納入する御通御茶師ときて、平茶師です。さほどの御役目ではないように感じました。各御茶師になにか起きた場合や、御用茶が不足した場合に、急遽、茶園への覆い掛けが許されるとか。わたしが奉公していたときには、かような事態は起きませんでしたが」

真実味を持たせるために蘊蓄を披露する。ここで久松の表情が、完全に変化した。

凄いと唸るように呟いた後、

「よい方に引き合わせていただいた。これは〈切目屋〉さんに感謝しなければなりませんね」

双つの目は早くも期待にあふれている。

「御役にたつかどうか、まだわかりません。むずかしい訴えだと思いますので」

「さあさ、まずは一服と参りましょうか」

志保が盆に、急須と湯飲み、そして、茶葉を載せた皿を持って来た。隼之助の並外れた感覚は、廊下に来たときすでに茶の香りと味わいをとらえている。

——花香とまではいかぬな。

点てたばかりのかぐわしい薫りのことだが、煎茶であるうえ、駿河産となれば、せいぜい爽やかな薫りが漂う程度だった。それでも鼻の奥に、ふんわりとかすかな甘みを感じている。久松は上の部類に入る茶を持参したようだ。

「どうぞ」

志保が隼之助の前に湯飲みと茶葉の皿を置いた。久松に目顔で促される。一礼して、隼之助は湯飲みを口もとに運んだ。

ごくり、と、ひと口、飲む。

「う」

刹那、舌に痛みが走った。その後にじわりと苦みが広がる。茶を造る農民の、苦悩や哀しみを鋭くとらえていた。働いても、働いても暮らしは楽にならない。貧しさのあまり娘を売らなければならない者もいる。どれだけ頑張っても明日が見えない。茶には、農民の深い苦悩が刻まれていた。

——絶望の味だ。

顔に出したつもりはないのだが、

「大丈夫ですか」

久松が案ずるように訊いた。

「茶粥にしても、良い茶かもしれません」

隼之助はすかさず世辞を返している。

「通常、茶粥に用いるのは、番茶ですが、上等な雰囲気を味わいたいときなどに、適した茶であると思います。塩をひとつまみ入れると、茶汁がきりっと引き締まります。さらに塩は茶の味も引き出しますので」

精一杯の賛辞だった。口の中にはまだ苦みが残り、ざわざわと舌の上で蠢いている。まるで農民たちが、口々に訴えているかのようだった。

〝助けてくれ！〟

と。

「お気に召していただいたご様子。宜しゅうございました」

久松は満足げに頷いている。言葉づかいも態度も変わったばかりか、双つの目の期待度が増していた。隼之助は形だけ茶葉の薫りを嗅いだが……消えかけていた苦悩が呼び覚まされてしまい、舌がじんじんと痺れた。

「なんとかなりますか」

久松は、庄屋の役目をはたすべく、曖昧な問いかけを発した。軽々しい約束はできない。が、家斉の目的が江戸の茶問屋の掌握であるならば、駿河の茶農家にも、一筋の光明が見えてくるかもしれなかった。

「公事に関しましては、今少し様子を見た方が、宜しいのではないかと」

慎重に言葉を選んでいる。家斉と江戸の茶問屋との戦いは、これからだ。流れは見えたが、結果に関してはわからない。

「さようでございますか」

落胆を隠さない久松に、横から志保が言った。

「すぐに駿河へお帰りになるのですか」

「いいえ、昨日、着いたばかりですので、二、三日はおります」

「壱太さん。駿河のお茶を広めるようなことは、できませんかねえ。ほら、優曇華餅のような、お客様に喜んでいただける機会をもうけられれば」

機会をもうけたところで、久松の訴訟がうまくいくとは思えなかった。さらに駿河のお茶の売りあげに繋がるわけではない。がちがちに組みこまれた江戸の茶問屋の仕組みを変えないことには、どうなる話でもなかった。

が、志保にしてみれば、せめてなにかできないかと考えたのだろう。

「優曇華餅とお茶ですか」

ふたたび閃(ひらめ)いた。

「こちらの店先で、桶茶(おけちゃ)を振る舞うというのはどうですか。ついでに優曇華餅も売れば、一石二鳥。駿河のお茶も広まるし、〈切目屋〉にも客が訪れます」

「桶茶？」

きょとんとした志保に、久松が説明する。

「大ぶりの桶で茶を点てて、それぞれの茶碗に小分けする飲み方です。まとめて点てるため、一度の点前でも大勢の人に味わっていただけるんですよ。点てる者が少し楽をできますね」

「いかがでしょ」

志保は十八番を、久松に向けた。

「駿河のお茶を知っていただく良い機会じゃありませんか。幸い碾茶もお持ちになられたとか。どうせなら大勢の方に味わっていただきましょうよ」

「わかりました。江戸の大店から文句が出ない程度に、駿河の茶を広めさせていただきましょうか」

「あの」

番頭の与兵衛が、金壺眼で隼之助を指した。

「呼んでほしいという男が来ております」

「すみません」

一礼して、廊下に出るとき、またもや与兵衛に足を引っかけられそうになる。短い足を懸命に伸ばして、隼之助を転ばせようとしたのだが、難なく跨いでいた。

「ちっ」

舌打ちを背に聞きながら、玄関に足を向ける。そこでは才蔵が待っていた。目顔で外に出るよう示される。

「〈蒼井屋〉においでいただきたいという知らせが参りました」

次の調べを始めよという合図か。

隼之助は、才蔵とともに塩問屋〈蒼井屋〉の見世がある一石橋へと向かった。

四

八橋とも呼ばれる一石橋は、日本橋の西二丁のところにあり、御堀に臨んで日本橋川に架かっている。一石橋を含む八つの橋を眺められることから、この名がついたとされていた。水の便がよいため、廻船問屋や船宿の多い区域でもあるが、中でも〈蒼井屋〉の店先の船着き場には、行徳からの塩船や、他の国に塩を運ぶ船がひっきりなしに出入りしていた。

〝大御所様が、お忍びでおいでになられる由(よし)〟

着いたとたん、隼之助は主の猿橋千次郎(さるはしせんじろう)から驚きの内容を告げられた。届けられていた裃(かみしも)に着替えたうえ、急ぎ、髪を結い直している。御城での目通りになるとばかり思っていたため、隼之助だけでなく、〈蒼井屋〉全体も慌てふためいていた。

「そろそろお着きになる頃だと思います。お支度は整いましたか」

千次郎が様子を見に来た。年は四十前後、誠実そうな印象を受けるこの男が、かつては公儀の勘定方に奉公していたと知ったら、江戸の民はどう思うだろうか。侍髷(さむらいまげ)を町人髷に変えた姿も堂に入り、すっかり商人の顔になっていた。

「それがしの支度は整いましてござる」

隼之助は逆に、侍へと頭を切り換える。姿形ばかりか、言動も変えなければならないが、それにもだいぶ慣れてきた。町人の中にぽんと放り込まれたことが、これまた実(み)を結んでいるように思えた。

「ご立派になられましたな」

千次郎が目を細めた。父親のような顔になっていた。

「木藤様も安堵しておられましょう。お陰さまで〈蒼井屋〉は着々と売りあげを伸ばしております。天下商人の名に恥じぬ繁盛ぶりではないかと存じます」

多聞の生死については、いっさいふれなかった。隼之助もよけいな返答はしない。一番初めに天下商人の号を賜った見世としては、絶対に失敗できないと、当初はかなり気負っていたようだが、今はよい意味で肩の力をぬいていた。

表情に余裕が浮かんでいる。

「猿橋様や奉公人のかたがたのお力でござる。塩を取り扱うこの〈蒼井屋〉を手始めとして、砂糖、酒、醬油と、天下商人の号を賜る見世も増え申した。心強いのではないかと思います次第」

「はい。鬼役様のお陰です」

答えた千次郎を、奉公人が呼びに来た。二言、三言、かわした後、

「先触れが参りました。隼之助様は、どうぞあちらへ」

別室での目通りを促された。才蔵は影のように、座敷の片隅に控えている。お庭番というのは、まさに空気。いるかいないかわからないが、いざとなれば、その身体を楯にして隼之助を守る。

「わたしは庭におります」

囁いた才蔵に頷き返して、千次郎のあとに続いた。大御所のお成りとなれば、警護にも気を配らなければならない。小頭の才蔵は当然のことながら、差配を振るう役目

を担（にな）っている。さっそく庭に降りて、お庭番たちに指図していた。

——同じ見世とは思えぬな。

隼之助はひととき感慨（かんがい）にひたる。この見世には、さまざまな思い出が詰まっているのだが、以前の面影を見つけるのはむずかしいほどに様変わりしていた。勘定場が多く設けられているのは、それだけ商いの数が多いからだろう。ほとんどは御城に奉公していた者だが、下男や下女は民の口入れ屋を通しているはず。気はぬけないと思い、才蔵は庭の警戒を強めたに違いなかった。

——さて、大御所様はどう切り出してくるか。

急ごしらえの座敷で待ちながら、大御所とのやりとりを思い浮かべていた。こちらから告げるべき話ではない。表向き、多聞はまだ生きているからだ。生死については口にできなかった。

——この座敷は。

見まわして、気づいた。かつてここに存在した塩問屋の〈山科屋（やましなや）〉。隠居を装っていた闇師（やみし）の頭（かしら）、金吾（きんご）が居室に用いていた奥座敷だった。縁側には夏の陽射（ひざ）しが降り注ぎ、庭では百日紅（さるすべり）の蕾（つぼみ）が、花開くときを待っている。

——波留殿。

また思い出していた。結納をかわしてから半月も経っていないのに、運命は大きく変化していた。無事でいるだろうか。たとえその身を穢されていたとしても、妻として迎えたい。もはや決意は揺るぎないものになっていた。

「お成りでございます」

千次郎が告げた。上段の間がしつらえられていたが、御簾はさげられていない。隼之助は平伏した。何人かの気配とともに、衣擦れの音が聞こえてくる。ほどなく上段の間に落ち着く音がした。

「面をあげよ」

憶えのある声は、御取合役の西の丸老中、本庄伯耆守宗発だった。主の移動に従い、供役を仰せつかったのか。あるいは自ら申し出たのだろうか。孫娘の件を確かめに来たということも考えられた。

「は」

隼之助は面をあげたが、貴人と目を合わせるのは非礼とされているため、瞼は伏せたままだ。

さまざまな事柄が浮かんだ。

家斉が手に入れたとされる二つの連判状。そのうちのひとつは、謀叛を企む者たちの連判状。薩摩藩の斉興を含む大名や旗本たちが記した連判状だと認められた。

そして、もうひとつは、薩摩藩の逆意方の連判状。こちらは存在すら定かではないものの、家斉側は手に入れたことを匂わせている。

薩摩側と逆意方の、両方を操るには最良の策といえた。

「直答を許すゆえ、答えるがよい」

家斉から直接、声がかかる。

「は」

隼之助はいっそう畏まった。

「木藤家では、ちと騒ぎが起きた様子。余は鱚の干物を千枚、木藤家に下賜するつもりじゃが、いかがであろう」

そうきたか、と思った。将軍家が見舞いと称して、鱚の干物を千枚、贈るのは、老中などの重臣が危篤の場合とされている。これによって周囲は、贈られた家の主が不例に陥っているのを知ると同時に、将軍家の扱いの良し悪しを知るのだった。

多聞を重臣並みに扱うのは、名誉以外のなにものでもない。今日のこれは鬼役の地位を世に知らしめるためにも、必要な会談なのかもしれなかった。

「慎んでお受けいたしまする」

隼之助は、はっきり答えた。まずはじめは鱚の干物、次に将軍家から鯉の焼き物が下賜されたとき、多聞は真実の死を迎えられる。侍の世界は面倒だと思った。

「さようか」

家斉は話を続ける。

「西の丸の普請も終わり、ようよう落ち着きが見えた。派手に燃えたからのう。助かったのが不思議なほどよ」

独り言のように呟いた。しみじみとした口調になっていた。

昨年の二月十日、家斉が暮らしていた西の丸は炎上していた。家斉を狙う者による附け火というのが、多聞の考えである。

公儀は西の丸普請を各大名家と旗本に要請。それに応じて水戸家は黄金一万枚を呈上、肥後の細川家は八万五千両を献上、土佐の山内家は三万五千両を献上などなど、他にも万単位の金を献上した大名家が多かった。

旗本においては、五百石以上は、百石につき二両。五百石以下、百石以上は、百石につき一両半ずつというように、献金額が定められていた。言うなれば新しい西の丸は、献金によって建てられた城なのである。

——大名や旗本から不満が出るのも無理からぬことか。

隼之助は、醒めたことを考えていた。特に火附けを命じたと噂される薩摩藩への風当たりは強い。しかし、火附けの噂を流したのは、多聞ということも考えられた。

〝禍転じて福となす。利用できるものは、なんでも利用するのがよい。先手を打つのが肝要じゃ〟

亡き父が、傍らに出現していた。以前は裡側にいる感じだったのだが、今は隣や背後に気配が在る。あのとき、と、隼之助の脳裏に親子で出仕した日のことが甦った。

──おれは、波留殿との婚礼を、大御所様に知らせるのだとばかり思うていたものを。

父の口から告げられたのは、波留の死。武家の女子が拐かされたのはすなわち、自死を意味している。陵辱されているのは、おそらく間違いない。波留のことは忘れて、西の丸老中、宗発の孫娘、香苗との婚儀を進めるのがよい。

あとで出るだろう話を胸に、次の言葉を待っている。

「ついては、大茶湯を催したいと思うておるのじゃ」

大御所に言われて、即座に問い返した。

「西の丸において、でござりまするか」

「さよう。関白秀吉が行った北野大茶湯のような、大がかりな茶会にしたいのじゃ。

民の茶人も招きたいと、余は思うておるのじゃが」

「それがしは同意いたしかねます」

宗発がすかさず言った。

「民の茶人まで招くのは、御身を危険に曝すだけにございますれば、大名家と旗本を招くのにとどめるのが宜しかろうと存ずる」

「ふむ。なれど、余を狙う者は、城にもおるぞ」

さらりと出た言葉を、慌て気味に老中が窘める。

「大御所様」

狙うのは、嫡男の将軍家慶か。形だけの隠居を、一日も早く完全に退かせたいと思っているのは確実。しかし、両者の間にもまたお庭番の和解と同じように、以前とは異なる風が吹いているのではないか。

「いかがじゃ」

家斉が問いかけた。

「大御所様は、その大茶湯を新しい鬼役の披露目の場にしようというお考えじゃ。道具や場のしつらいは、すべてそのほうにまかせる、とな、仰せあそばされておる」

老中が言い添える。内外に鬼役を知らしめる場は、大御所の政によって重要な場になるは必至。大御所の力を再認識させるために利用したいのは確かだろう。逆らう者には、〝まだまだ退かぬ。江戸城、いや、この国を牛耳っているのは余じゃ。それ相応の扱いをするが、よいか〟

思惑が手にとるように理解できた。

「何時頃でござりましょうか」

隼之助は必要な話を得ることに気持ちを向けた。準備には時が必要だが、貴人は我儘なもの。思い立ったが吉日とばかりに話を決める。

「六月一日がよかろう」

「月次登城日でござりますか」

時が足りぬのは明白だったが、言い訳を許す相手ではない。無理でもできると答えなければならなかった。

「すぐ準備に取りかかりたく思います」

「そのほうも参加するがよい」

家斉は気楽な口調で告げた。

「『鬼の舌』を得た者は、永遠の安寧を得る、と言われておる。諸藩や旗本に隼之助の存在を知らしめるのは、余のためにもなることじゃ。そういえば、『鬼の舌』の心得のようなものがあったの」

「は。『壱の技で人を知り、弐の技で世を知り、参の技で総を知る』と、父より聞いた憶えがござります」

「隼之助は、とうに総を会得しておろう。大茶湯のことだがの。北野大茶湯の折、参加した者それぞれが、野点の工夫を凝らしたとか。余も考えておるのじゃ。驚かせるような仕掛けをの」

「承知いたしました」

畏まった隼之助に、「ところで」と老中が切り出した。

「孫の香苗のことじゃがの。今一度、見合いの場をもうけたい。大茶湯がよかろうと、大御所様とも話した次第じゃ」

五

「…………」

隼之助は沈黙を返した。即座に断りたかったが、流石にそれはこらえた。老中の顔を潰すことになる。

「言うたではないか」

　不意に家斉が口をはさんだ。

「新しい鬼役には、想い人がおるとな。多聞からの文(ふみ)もある。余もそちの孫娘とは、似合いの夫婦になると思うたがの。諦めるがよい」

「父の文」

　思わず目をあげている。家斉と目を合わせてしまい、慌てて瞼を伏せた。

「申し訳ありませぬ」

「よいよい。多聞はの、不肖(ふしょう)の倅(せがれ)には、恋(こ)い焦(こ)がれた女子がおるゆえ、ご老中様の縁談はお断りしたい、とまあ、かように記していたわ。親馬鹿よのう。なれど余は聞かずばなるまい」

　最期の文ゆえと、言葉にはしないが告げていた。

　それでも諦めきれないのか、

「なれど」

　老中は嘆願するような目を向ける。

「香苗は、木藤殿が気に入ったらしゅうてな。是非にと望んでおるのよ。いかがであろうか。大茶湯で今一度、逢(お)うてみてはくれぬか」

かような男のどこがいいのか。老中はそんな表情をしていた。雪也のような色男ではないし、将右衛門のような膂力のある大男でもない。どちらかと言えばごく平凡な、目立たない容姿であるのは、自他ともに認めるところだ。

「そのほうは、孫馬鹿じゃの」

家斉が言った。おもしろがっていた。

「確かに一度、逢うただけでは、わからぬやもしれぬ。堅苦しく考えることはない。招く客のひとりとして、逢うてみてはどうじゃ」

これを断れば角が立つ。

「は」

隼之助は一文字で応えた。本意ではないと、精一杯、訴えている。万が一、噂話が波留の耳に届いたら……そう考えるだけで恐ろしかった。

気まずさを感じ取ったのか、

「そちは、北野大茶湯を存じよるか」

大御所が話を変えた。

「書物に残されている程度には」

「思いつくまま言うてみよ」

「は。秀吉公が行った茶会の中で、北野大茶湯は非常に重要な茶会でございますが、それがしは、その前に催された二つの茶会、つまり、禁中茶会と大坂城の茶会にも大きな意味があると考えております。まずは禁中茶会でございますが」

簡潔に説明する。

「禁中茶会は天皇家や公家衆に対する力の誇示であったのではないかと存じます。また公式の場における接待に、茶の湯を用いたのはこのときが初めて。きわめて意味のある茶会だったのではないかと存じます次第」

「続けよ」

家斉は短く命じた。興味を持ったに違いない。ゆったりと脇息に寄りかかっていた姿勢を正していた。

「は。この禁中茶会の折、千宗易は、千利休と名をあらためました。利休にとりましても記念に残る茶会だったのは間違いないかと」

「秀吉公と千利休の仲睦まじい時期じゃな」

「御意」

答えて、さらに話を進める。

「次に開かれた大坂城の茶会は、武家の家臣団に対する統率の意味があったのではないかと思いまする。大御所様もご存じのとおり、茶の湯や茶道具に、目に見えぬ価（あたい）を与えたのは、信長公。秀吉公は踏襲（とうしゅう）したにすぎませぬが、茶会に大きな意味を持たせたように感じております」

「ふむ。では北野大茶湯に関してはどうじゃ」

「は。このとき、おそらく秀吉公は、拠点を大坂に置くか、京都に置くかで迷うていたのではないかと存じます」

一見、関わりのないような話を出して、相手の心を鷲掴（わしづか）みにする。その意味はと、興味を持たせるのが多聞のやり方だった。

「それで茶会を思いついたと？」

案の定、家斉は自ら問いかけた。

「御意。大茶湯に参加する者が広がるのは、支配領域の広がりを意味いたしまする。これはそれがしの考えでございまするが」

窺（うかが）うような目を向ける。

「申せ」

「僭越（せんえつ）ながら申しあげます。秀吉公は、京の民に受け入れられれば、京を拠点にしようと考えていたのやもしれませぬ。なれど、北野大茶湯では、見事に京の民、主に商人の京衆でございますが、彼の者たちの反撥を招いてしまいました。ゆえに拠点を大坂城に置くことに決めたのではないかと」

「黄金の茶室はどうじゃ。先の話に出た千利休の考えではないという意見が多い。利休は、わび、さびといった精神の世界を愛でたゆえ」

「それがしは、黄金の茶室もまた利休の発案であると考えております」

きっぱりと答えた。いささか真っ直ぐすぎただろうか、

「ほう。その根拠やいかに」

老中が訊いた。

「話が遡りますが」

前置きして、隼之助は続ける。

千利休が、信長の茶頭から秀吉の茶頭になったのは、言うまでもない、信長が本能寺の変で斃れたからである。信長が逝去した後、妹のお市の方が、信長の百箇日法要を京の妙心寺で執り行うという話が流れた。

このとき、利休はそれよりも前に信長の葬礼を執り行う旨、進言したとされる。おそらく秀吉は、信長の後継者である自分を天下に知らしめる好機であると判断。葬礼は大徳寺が一山あげて盛大に執り行われた。

「千利休が秀吉公を動かした第一歩は、この葬礼ではないかと存じます次第」

「なるほど。以来、利休は秀吉のよき参謀役となった、か」

呟きながら家斉は、とんとんと軽く脇息を叩いている。機嫌のいいときに出る癖だと、父の御膳帳に記されていた。さらに続ける。

「唐から伝わった茶入や茶碗は、唐物と称されますが、利休は和物と称して、楽焼茶碗などを生み出しました。茶道具の立役者ではないかと存じます。相当、儲けたのは間違いありますまい。これもそれがしの考えでございますが、もしや、と考えました」

「それが秀吉の勘気にふれた、か」

継いだ家斉に、一礼する。

「御意。黄金の茶室に関しましては、それがし、足利将軍家の権威の踏襲ではないかと考えております」

父の御膳帳にはない話だったが、流れで付け加えた。

「足利義満公が建立した金閣寺はまさに権威の象徴、義政公が建立した銀閣寺は、文化と富の象徴のように思えてなりませぬ。その両方の意味を併せ持つ茶室が、まさに黄金の茶室だったのではないかと」

「なるほどのう」

家斉は、老中に言葉を投げた。

「そちよりも、孫娘の方が、人を見る目があるようじゃな」

「御意」

と、宗発も認めた。隼之助が北野大茶湯を模した大茶会の、実行役を務めることに、ようやく得心（とくしん）したのかもしれない。

「鬼役に力添えするよう、大御所様に言われております。なんなりと仰せつけいただきたく存じまする」

多少、言動があらたまっていた。

「ありがたき幸せ。万端怠（ばんたんおこた）りなく、務めたく存じます」

大役を仰せつかっても心が浮き立つことはない。

心を占めているのは、ただひとりの女子だった。

六

いったん日本橋橘町の裏店に戻った隼之助は——。

「波留様らしき女子を見たと言うております」

　家で待っていた良助に告げられた。

「なに？」

　答えたものの、すぐには理解できない。

「どこで見た、だれが見たのだ、波留殿の顔を知っている者なのか、間違いなく波留殿だったのか」

　矢継ぎ早に問いかけた。問いかけながら、事実なのだと懸命に言い聞かせていた。時刻はすでに四つ（午後十時）をまわっている。〈達磨店〉の他の家は、とうに明かりを落としていた。

「落ち着け」

　隣に座していた雪也が、小声で囁いた。将右衛門は深川の家に戻ったのか、家にいたのは盟友のひとりのみ。隼之助は訊かずにいられない。

「おぬしは見なかったのか」

「知らせが来てすぐに、わたしもあたりを探してみた。なれど、波留殿らしき姿は見えなんだわ」

「お見かけいたしましたのは、お加代でして」

土間に立っていた良助が、身体をずらして、後ろにいた娘を招き入れる。年は十六、七。波留とほとんど変わらないように見えた。浅黒い肌と大きな目が、見るからに敏捷そうな印象を与える。配下の顔をすべて憶えているわけではないが、見知った娘だった。才蔵も家の外に控えている。

「宮地加代か」

才蔵の遠縁にあたる娘だと憶えていた。

「はい」

加代は、土間に畏まる。隼之助は、逸りそうになる気持ちを懸命に抑えた。

「何刻ほど前に見たのか」

訊ねる声が震えた。

「かれこれ一刻（二時間）ほど前になります。お頭様のお気持ちを考えて、わたくしたちは女衆の部隊を作りました。なんとかして波留様を、お探しできないかと考えまして。波留様のお顔を拝見した者ばかりを集めております。まずはこの家を見張るのがよいだろうと思い、三人で才蔵さんの借りている家に参りました」

この家の斜め向かいに、才蔵も家を借りている。連絡役の待機場所や、見張りと警護を兼ねた配下が泊まる家にもなっていた。

「家の周囲を見てまわったときに出逢（でお）うた由」

雪也が補足する。

「お加代が戻って来たとき、この家を覗きこむようにして、木戸のところに佇（たたず）んでいたとか。後ろ姿が似ていたらしゅうてな」

「思わず『波留様ではありませんか』と呼びかけておりました。とたんにその女子は、顔をそむけて逃げ出したのです。殿岡様や仲間を呼び、死に物狂いで追いかけたのですが」

俯（うつむ）いた加代に確かめる。

「見間違いではないのか」

「いいえ」

躊躇（ためら）うことなく言い切った。

「横顔をちらりと見ただけですが、波留様に間違いないと思います」

「どのような様子だった」

気持ちがあふれそうになる。飛び出して行きたくなるのを、かろうじて、こらえた。すでにお庭番が動いている。今も周囲を隈無（くまな）く探しているはずだ。

「以前より、少しやつれたように見えました。青白いお顔でございました。お痩（や）せになられたのではないかと」

「なれど、生きていたな？」

言った後で間抜けな問いかけだと思った。幽霊でもいいから現れてほしいと願う気持ちが言葉になっていた。

「はい。足がございました」

加代の笑顔が、心に沁みた。

「そう、か、そうか、生きていてくれたか」

思わず天を仰いでいる。万感の想いがあふれた。とにもかくにも、生きて、ここに来た。それだけでもいいと思った。

「お頭様」

加代の驚く顔を見て、己の涙に気づいた。照れ隠しの苦笑いが、喜びの笑顔に変わる。肩を叩いた雪也に、大きく頷き返した。

「引き続き、探索してくれ」

命じて、素早く言い添える。

「なれど罠ということも考えられる。波留殿を使うて、われらを翻弄するつもりやもしれぬ。深追いしてはならぬぞ。二度と仲間を喪いたくないゆえ」

香坂伊三郎の妻――村垣三郷を思い出していた。夫を庇い、深傷を負った娘は、最期の最期まで「お頭様のお役に立ちましたか」と訊いていた。波留を見つけて連れ戻すのは、自分の役目と心得ている。これ以上、仲間の命を危険にさらしたくなかった。

「畏まりました」

頬を染めて、加代は出て行った。大きな喜びを己の口から伝えられたことに、少なからず興奮しているようだった。良助も会釈して、加代のあとに続く。才蔵が家の戸を閉めると、雪也と二人だけになった。

「探しに行かぬのか」

友が不審げに言った。

「蓮花の薫りがせぬゆえ、近くにはおらぬ」

即座に答えた。いたらわかるはずだ。波留のかすかな気配や匂いだけでも、居場所をつかむ自信があった。五感を超える感覚、それを大御所は『鬼の舌』と名付けたようだが、伊達に鍛えてきたわけではない。この家に入るとき、隼之助は、波留の気配や、波留がこの時期に用いる蓮花の練香らしきものをとらえていなかった……。

と、そこまで考えて愕然とする。

「もしや」

思わず腰を浮かせた。

「いや、まさか」

頭に浮かんだ不吉な考えを、慌て気味に打ち消した。だがしかし、そうだとしたら、なぜなのか。なにゆえ、かような真似をしたのか。

「本気で探すためか？」

声になった自問に、ふたたび雪也が訝しげな眼差しを投げる。

「どうしたのだ」

「いや、なんでもない。つい考えすぎてしもうてな」

「隼之助の悪い癖だ。蓮花の薫り云々と言うていたが、今の波留殿に高価な練香を買うことができるかどうか。残り香がないのは、単に練香が買えぬという理由やもしれぬ」

「うむ」

「やれやれ、それでもまだ気になるか。わたしのように、明るいことだけを考えろ。さよう。波留殿と所帯を持ったときのことを思い浮かべるのがよかろうな。なにか望みの品はあるか。夫婦茶碗でも贈ろうかと、将右衛門や伊三郎殿と、相談してはいるのだが」

「望みか」

わざわざ言うまでもない、波留をこの手に取り戻すことだったが、ここでそれを言っても仕方がないのはわかっている。

「おれのささやかな望みを、聞いてくれるか」

「言うてみるがよい」

促されて、思いつくまま口にした。

「子の笑い声が聞こえている、乾した手拭いが陽の匂いを含んでいる、夕餉に酒が付いたのが嬉しい」

波留と暮らすときを思い描いていた。〈だるまや〉として一日を終えると、戻った家では波留が夕餉の支度をしている。疲れて帰って来たのに子守役を押しつけられて、隼之助はいささか不満顔だ。しかし、今宵はお酒を付けますよと言われれば、それじゃ湯屋に行くかと、子を連れて家を出る。

ほとんどの民が、なんということもなく過ごしている平らかな日々だった。

「なれど」

隼之助は言った。

「今のおれには……恐ろしく巨きな、途方もない望みに思える」

いくら手を伸ばしても届かない。なぜか幸せは、隼之助の手をすり抜けてしまう。それでも望みが消えたわけではなかった。

「不思議だな」

雪也は首をひねっている。

「口から出るのは暗い言葉ばかりであるのに、おぬしの眸は絶望の淵に沈んではおらぬ。将右衛門とも話したのだが、なにゆえ、かように構えていられるのか」

「二つの花よ」

「花？」

「さよう。花江殿の『花』と、優曇華の花。この二つの花が、今のおれを支えている」

「花江殿の『花』とは、名ではないか。それ以外になにか意味があるのか」

「近いうちに朗報が届くやもしれぬ」

「ふむ。もったいをつけるのは、いつものことゆえ、慣れたがな。もうひとつの優曇華の花とは、優曇華餅のことか」

「餅をつけるのはよせ。雰囲気が壊れるではないか。優曇華餅の花では興醒めよ。考えてくれた波留殿の気持ちが損なわれかねぬ」

「すまぬ。たかが餅、されど餅というやつだな」

笑い出した雪也につられて、隼之助も笑った。声をあげて心から笑ったのは、何日ぶりだろうか。波留を見たという話が、思っていた以上に力を与えてくれた。

「お加代が、『外待雨（ほまちあめ）』を招（よ）ぶやもしれぬ」

ふと出た呟きに、雪也が疑問を返した。

「いかような意味だ」

「『外待雨』の意味を知らぬのか」

「よう憶えておらぬが、あまり良い意味ではなかったような……さよう。限られた人を潤す雨のこと、ではなかったか」

「天気の意味として使う場合は、そんなところだろうな。もうひとつ、主に内緒で家族や使用人が蓄えた金子のこと、つまり、蓄財（へそくり）の意味もあると言われている。なれど、常に物事は良い面と悪い面を持つではないか。限られた人を潤す雨が、他者をも潤す雨にならぬとは言いきれぬ」

「禅問答のようではないか。ますます意味がわからぬわ」

「いずれにしても、波留殿を探さねば」

腰を浮かせかけたが、

「罠やもしれぬと言うたのは、おぬしだ。夜はできるだけ外に出ぬがよしよ。才蔵さんたちにまかせた方がよい」

雪也に止められた。とそのとき、外から呼びかけがひびいた。

「お頭」

配下の勇雄だった。

「入れ」

「は」

入って来たのは、一昨日、日本橋室町一丁目の茶問屋〈山菱屋〉に潜入させた配下。感覚の鋭い隼之助は、勇雄の着物に染みついた茶の薫りをとらえている。まだ高級な碾茶などにはさわらせてもらえないのかもしれない。番茶の香ばしい薫りを漂わせていた。

「調べたことを教えてくれ」

隼之助の呼びかけで、勇雄は家にあがって来る。

父を喪った後、初めての鬼役御用。

多聞はいない。

しかし、そばにいるのを感じていた。

第三章　白もん

一

茶問屋〈山菱屋(やまびしや)〉が見世(みせ)を構える日本橋室町一丁目は、日本橋を北へ渡った大通りの両側に、一丁目から三丁目が連なっている。その先が本町通りと交叉(こうさ)しており、奥州街道に踏み出す最初の町と言われていた。

目当ての大店(おおだな)は、尼店(あまだな)と呼ばれる室町一丁目の西側の一角に見世を構えていた。塗物や馬具、荒物を扱う見世が多い中にあって、磨きぬかれた飴(あめ)色の看板が、老舗(しにせ)の威(い)容(よう)を示している。江戸の十組問屋(とくみどいや)の頭(かしら)役を務めているのは、当然かもしれなかった。

二日後の午前(ひるまえ)。

「おまえが、壱太ですか」

隼之助は大番頭の百次郎に挨拶していた。新しい奉公人を雇いたいと聞いた配下の勇雄が、同じ駿河出身ということにして、隼之助を壱太の名で紹介したのである。一昨日の夜、勇雄が急ぎ〈達磨店〉に駆けつけたのは、調べの報告の意味もあったが、この奉公話を活かすためでもあった。

「はい。宜しくお願いいたします」

隼之助は帳場で神妙に畏まる。隣にいるのは、紹介者の勇雄のみ。他の奉公人たちは、茶箱を運んだり、届ける荷を確認したり、接客したりしていた。きびきびと立ち働く姿が、なぜか〈蒼井屋〉を思い出させた。台所の下男や下女まで入れると、奉公人は総勢、五十五人。大店でありながら、奉公人の数は中店程度しかいない。これだけの所帯を維持するのは楽ではないはずだ。

〝主の嘉助がしまり屋のようでして〟

過日、聞いた勇雄の話を思い出している。

〝若い奉公人は、勤まらないとか。雇い入れても、すぐに辞めてしまうそうです。給金はまあ、普通だと思うんですが、膳の内容はよくありません〟

主はいかような男なのかという問いかけには、

〝まだ会っておりません。家にはほとんどいないようです〟

苦笑いしながらの報告には、主の女癖の悪さも入っていた。安囲いの女を江戸のあちこちに囲っているらしく、女房はほとんど諦め顔。冷えた夫婦仲を補うように、寺詣りを欠かさないという話だった。

ちなみに安囲いとは、ひとりの女が何人かの金主を持つことだ。数人の男が金を出し合って、ひとりの女を共有する。つまり、主の嘉助は、ひとりの愛妾に大金を払うのではなく、何人もの愛妾にわずかな金を渡して、違う女の味を楽しんでいるのだろう。もちろん女も表向き、安囲いではないように見せかけているが、実際は男の方も気づかぬふりをしていることが多い。

それが自称色男たちの、せめてもの見栄というやつかもしれなかった。

「家は日本橋橘町ですか。通いが希望ですね」

大番頭の確認に、すかさず答えた。

「はい」

「うちは、公方様はもちろんのこと、大大名家や御旗本の御用も賜っているほどの大店。この春に採れた新茶は、深川の蔵屋敷で静かに口切のときを待っています。お届けするのは、そう、七月ぐらいになるでしょうか。今は神田や日本橋近辺の大店や中店といった見世用のお茶を扱うことが多いですね」

百次郎は、あたりさわりのない話をしていた。年は五十前後だろうか。鬢には白髪が多く、額や眉間には深い皺が刻まれている。大番頭の責務の重さが、疲れた顔に浮かびあがっていた。どうせ長続きしないと思っているのか、熱意はまったく感じられない。

「ところで口切の意味はわかりますか」

きわめて初歩的な問いかけを発した。

「はい。その年に採れた新茶の茶入の口を切り、秋に初めて味わうことではないかと存じます」

「よろしい。では、茶の作り方は知っていますか」

「茶を摘んで蒸した後に揉み、乾燥させて仕上げるのではないかと存じます」

間髪入れずに返すと、「おや」というような表情になる。

「多少は知っているようですね。ええと、以前は」

同席していた勇雄に目を向けた。

「駿河の茶農家にご奉公していたそうです。先日も申しましたように、わたしの母方の遠縁にあたります。もっとも会ったのは、江戸に出て来た日が初めてですが」

作り話でごまかした。

「なるほど。駿河の茶農家ですか。このお店は、宇治の茶師が作る茶を一手に引き受けているんですよ。駿河の茶農家とも取り引きしていますがね。主な取り引き相手は、宇治の茶師。ああ、そうでした、大事なことを訊き忘れていましたよ。壱太は茶の湯の心得がありますか」

「嗜む程度ですが」

「おや」

と、今度は驚きを声に出した。

「若いのに、意外ですね。いえ、うちの旦那様は、江戸でも指おりの数寄者。ここだけの話、好色者の意味もあるのですが、それは横においておきましょう。わたしもご指南を受けておりますが、若い奉公人は興味を持たない者ばかり。道具の扱いをまかせられる者を、かねてより探していたんですよ」

少し熱がこもってくる。

「茶道具の手入れは、できますか」

面倒な手入れを押しつけたいというのが、露骨に出ていた。が、主に近づくための好機であるのは言うまでもない。

「大丈夫だと思います」

「茶会の準備は、どうですか。あの掛け軸にはこの茶碗、そして、用いる碾茶はこれがいい、というような支度は整えられますか」

「ご指南いただきたく思います」

慎重かつ謙虚に答えた。番頭の真意を読みあぐねている。面倒な役目を押しつけたいだけなのか、あるいは探りを入れているのか。鬼役や天下商人の噂話は、少なからず広がっているはずだ。はっきりしないうちは、曖昧に答えておいた方がいいと判断した。

「つまり、習う気持ちはある、ということですね」

窺うような目になる。

「はい」

「そうですか。少しは見込みのある者が、入ってくれたようです。ここだけの話ですが、旦那様はよく闘茶を開いたりするんですよ。庭には茶室がありましてね」

口癖なのだろう、ここだけの話が多い。

「ちょいと参りましょうか」

大番頭はいそいそと立ちあがった。促されて、隼之助もあとに続く。どうしようかと思いあぐねた様子の勇雄に、百次郎は告げた。

「あ、勇雄は仕事に戻りなさい。壱太を案内しますから」

「承知いたしました」

では、と、会釈した勇雄に、隼之助も会釈を返した。見世の庭に茶室を造るあたり、吝ん坊とは思えない。あるいは茶の湯狂いなのかもしれなかった。良い道具を見ると買わずにはいられない道楽者。いまだに姿を見せないのは、何人かいる愛妾の家に泊まりこんでいるからだろうか。

「なかなか趣きのある茶室なんですよ」

大番頭は、帳場から奥座敷の廊下に歩を進める。隼之助もその後ろに続いた。

——大御所様は、この見世をいかように扱うお考えなのか。

塩問屋〈山科屋〉のように、乗っ取るつもりなのか。はたまた饅頭屋〈相生堂〉や酒問屋〈笠松屋〉、そして、醤油問屋の〈加納屋〉のように、活かしたまま、御用金を上納させるつもりなのか。

——狙われているとも知らず、茶の湯三昧か。

隼之助は大番頭に続いて庭に降りた。目の端に勝手口がよぎる。今日から奉公した才蔵と目が合ったものの、当然のことながら、互いに素知らぬ顔をした。見世の方にも、多聞があらかじめ潜入させておいた配下がひとり、奉公している。

総勢四人の潜入部隊だった。

――父上は無事、死を賜ったが、まだ安らかには眠れぬ。

多聞は、昨日、荼毘に付されていた。家斉から鱚の干物を下賜された時点で、死を広める儀式は始まっている。次に鯉の焼き物が下されれば、多聞には真実の死が与えられることになるだろう。おかしな話だが、それが武家の習いだった。

「ここです」

百次郎の言葉で、隼之助は気持ちを引き締める。大番頭の声には、誇らしげなひびきがあった。毎日のように茶を楽しんでいるのかもしれない。茶室の方から高級な碾茶の薫りが、ふわりと漂ってきた。

――宇治の『初むかし』に薫りが似ている。

徳川時代の初期に、将軍が愛飲する宇治の葉茶に、この名を付けたのが始まりとされている碾茶だった。本当に『初むかし』を飲んでいるとすれば、主の茶の湯狂いは相当なものといえる。

「茶室とは」

百次郎が得意げに告げた。

「茶会を行うための建物であり、そこは茶室という建物と、露地と言われる庭から成り立っています」

指し示した先には、鄙(ひな)びた露地が延びていた。露地の左右には、白や桜色、青といった色とりどりの朝顔が、今を盛りとばかりに咲き誇っている。途中に設けられた蹲(つくばい)の竹が、時折、カタンっと音をたてた。わびを装っていたが、茶室はかなり特殊な造りであるのが見て取れる。

外観は、切妻造(きりづまづくり)柿葺(こけらぶき)で、正面に庇(ひさし)を深く付けおろしている。隼之助は窓が多いことに目を引かれた。

「中に案内いたしましょう」

「宜しいのですか」

主の許可を得なくていいのだろうか。あとで面倒が起きるのはご免だったが、百次郎は自信たっぷりに応じた。

「茶室や茶道具の手入れは、すべて、わたしにまかされています。先程も言いましたように、ひとりでは手に余るようになっていたため、いささかなりとも通じた者を奉公させてほしいと、かねてよりお願いしていたのですよ。旦那様も承知しておられます」

「では」

と、隼之助は躙口に足を運んだ。番頭が入った後、腰を屈めて中に入る。正面に床があり、その床脇が茶道口となっていた。床柱に百日紅を用いているのは、非常に珍しかったが、例がないわけではない。

——窓が八つか。

小堀遠州が自家の菩提所に建てたとされる八窓庵を模していた。典型的な草庵ふうの天井と窓の造りをしている。二畳台目の小間というのは、敷地面積を考えてのことではないだろうか。この庭では、書院ふうの広い茶室は、とうてい無理だろう。ちなみに小堀遠州は、家康に仕えた大名で、茶人としても名高かった。将軍や大名に茶の湯を指南。遠州流の祖ともなっている。

「この茶室は、小堀遠州による八窓庵をもとにしております」

大番頭が言った。読みどおりだったが、顔を潰すつもりはない。

「そうなのですか」

わざとらしかったが、驚いた顔をしてみせる。多聞に連れられて諸国をまわった折、主だった茶室を見ていた。千利休の待庵で茶を点てたこともある。知らぬ間に豊富な知識や真贋を見分ける目を得ていた。

——相当、いい道具を持っているな。

窓の多い茶室は、障子越しにも夏の明るい陽射しが感じられた。この明るさが、隼之助にある推測をもたらしたが、これまた口にはしなかった。

「この百日紅を探すのに、思いのほか、時がかかりましてね」

百次郎は、床柱を愛おしげに撫でた。かかったのは時だけではないのだろう、かなりの小判が動いたのは間違いあるまい。

「壱太に、是非、見せたい品があるのですよ」

と、床に置いてあった縦長の白木の箱を持って来る。縦は約一尺（三十センチ）、幅は七寸（二十一センチ）ほどだろうか。身体を近づけた瞬間、隼之助はむぅっと強い汗の匂いをとらえた。

――緊張しているのか？

それとも暑いと感じているのか。茶室の中は、多少、熱と湿気がこもっている。暑いというほどではないが、人によってはそう感じるかもしれない。百次郎は緊張しているのか、暑さのためなのか。どちらとも言えないが、とりあえずその変化を頭に刻みつけた。

「花瓶ですか」

好奇心が、つい問いかけになった。

「箱の大きさから、そう読みましたか。そのとおりですが、ただの花瓶ではありません。さて、壱太にわかるかどうか」

「お手伝いいたします」

箱を押さえて、大番頭が布に包まれた花瓶を出すのを見守る。初老の域に入った男にしては、綺麗な手をしていた。若いときから力仕事を、ほとんどしていないのではないだろうか。

——闇師の金吾もそうだったな。

隼之助の胸に、強い警戒心が湧いた。塩問屋の隠居を装っていた男もまた綺麗な手をしていた。金吾も百次郎も、年の割にという表現が、あてはまる男たちではないだろうか。暮らしが表れていない手の持ち主がすなわち、悪党とは決めつけられないが、油断は禁物と気持ちを引き締める。

——汗の匂いが。

いっそう濃くなっていた。暑さのためではないように思えた。緊張を強いられる花瓶なのか、はたまたそれを隼之助に見せることに対して緊張しているのか。

「これです」

百次郎が布から取り出したのは、白い焼肌に、金、赤、緑、紫、黄といった美しい絵付を行った花瓶だった。描かれている花は椿だろう。繊細な彫りに施された鮮やかな彩色が、ひときわ目を引いた。

二

——白もん、か？

隼之助は、驚愕とともに凝視めた。が、今までどおり、表情にはいっさい出していない。平静を装っている。

「美しい花瓶ですね」

素人が抱くであろう感想を告げた。

「わかりませんか」

百次郎は、先刻以上に探るような目を向ける。この花瓶が隼之助の思う白もん、つまり白薩摩だった場合、いくつかの事柄が考えられた。

〈山菱屋〉の後ろにいるのは薩摩藩の可能性が高い。すでに取りこまれたのか、あるいは以前から薩摩藩の御用商人なのか。しかし、多聞の御膳帳には、〈山菱屋〉と薩摩藩の繋がりは記されていなかった。百次郎が汗を掻きながら、隼之助にこれを見せた意図はなんなのか。

諸々（もろもろ）の疑惑を抑えつけて、答える。

「焼物の産地までは、とてもわかりません」

予想していた答えではなかったのだろう、

「産地ではなくて、あ、いえ、産地もそうですが、壱太ならばわかるのではないかと思いましたがねえ」

落胆の色を隠さなかった。あるいは、鬼役かどうかを確かめるための深謀（しんぼう）だったことも考えられる。愚かにも隼之助が驚きの表情を浮かべれば、それは鬼役を意味することとなり、すぐさま薩摩藩に知らせが行く流れになっているのではないだろうか。

「これは、薩摩の焼物、白薩摩です」

百次郎の言葉で、隼之助は目をあげた。

「白薩摩、ですか」

あくまでも経験の浅い若者を装っている。

「はい。薩摩藩主の御用達（ごようたし）として用いられる品でしてね。黄味がかった白地の肌に施された彩色と、この貫入（かんにゅう）」

と、大番頭は細い指で花瓶のヒビ割れを指した。

「この細かなヒビが特徴なのですよ。ふだん使いの品というよりは、藩主御用達、あるいは献上品として用いられることが多い焼物です」

「これが白薩摩ですか」

ここで初めて、隼之助は驚きの表情を見せる。

「話には聞いたことがあります。ですが、目にするのは初めてです。旦那様は凄いですね。この八窓庵を見たときから、おそらく素晴らしい道具をお持ちなのだろうとは思いましたが」

いささか知識はあるのだと言外に匂わせた。

本来、茶室は明るすぎると、道具が粗相に見えるため、ほの暗い明るさが必要だと言われている。それを敢えて明るくするのは、道具に自信があるからに他ならない。白薩摩については知らないふりをしたが、無知すぎると、主に近づく機会をのがすことになりかねなかった。

「八窓庵にした意味はわかりましたか」

案の定、百次郎の目が輝いた。

「おそらく、そうではないかと思いまして」

「そのとおりですよ。では、草庵の意味は?」

続けて発せられた問いかけには、一瞬、躊躇いを覚えた。知りすぎているのは、自ら鬼役と明かすことにならないだろうか。しかし、すぐに肚を決めた。

「草をもって座を蔽う、これを庵という」

答えて、続ける。

「山間や田園の中の、簡素な草葺屋根の建物を草庵と呼ぶとか。これを市中に写して茶屋に応用したのは、千利休がはじめてであるとも聞きました。俗塵を払って清らかに侘び住まう庵であり、そこで行う茶の湯もまた『侘び茶』と呼ばれたと」

「素晴らしい答えです」

目をみはった大番頭に、慌てて言った。

「ご奉公していた茶農家の主が、茶の湯に凝っておりました。こちらの旦那様と同じように、茶室を持っていたのです。茶人を泊める機会もございましたし、書物なども多かったため、自然に覚えた次第です」

「なんにしても詳しいのはいいことですよ。心強いです。まあ、白薩摩がわからなかったのは、無理もないことかもしれませんね。目にする機会が少ないですから」

空気にふれると悪くなるとばかりに、早くも花瓶を仕舞い始める。茶室に白薩摩だけ用意しておいたのは、すでに鬼役が潜入したことを察しているからではないのか。

対立関係にあった大御所家斉と将軍家慶（いえよし）は、それぞれに付いていたお庭番が、手打ち式を執り行うことによって、表向き、手を結ぶように見える。

が、なにもかもうまく運ぶと考えるのは、時期尚早（しょうそう）すぎるような気がした。家慶側のお庭番が、薩摩藩に逐一、知らせている可能性も捨てきれない。

——当然、われらの動きを薩摩藩もつかんでいる。

それゆえの白薩摩か。だが、もしかすると、〈山菱屋〉が助けを求めていることも考えられた。後ろにいる薩摩藩を示して、鬼役に助けを求めているのではないか。薩摩藩の支配をのがれて、天下商人の号を賜り、いっそうの繁盛を望んでいるのではないだろうか。

——あるいは。

隼之助は、もうひとつの可能性を考える。〈山菱屋〉は流れを見て、どちらに付くか決めるつもりなのかもしれない。

鬼役側、薩摩側、そして、どちらにも与（くみ）しない中間派。〈山菱屋〉の前には三つの道があるように思えるが、最後の中間派が消える運命にあるのは必至。決断を迫られているのではないだろうか。いずれにしても早急に調べを進めなければならなかった。

「一服、馳走（ちそう）いたしましょうか」

百次郎の申し出を、隼之助は即座に受ける。

「頂戴いたします」

「では」

立ちあがろうとした大番頭を素早く止めた。

「てまえが調えます」

「ですが、茶や茶道具がどこにあるのか、わからないではありませんか。おいおい教えていきますがね。今日はわたしが茶や道具を持ってきます。壱太には風炉の用意をお願いしますよ」

「はい」

夏から秋にかけて使う竈のようなものを、茶の湯の世界では風炉と言っていた。釜をかけ、湯を沸かすための茶道具とされている。土製や唐銅製、鉄製などがあるが、ここで用いられているのは土製の風炉だった。五徳も備えられている。

「炭はあると思いますよ。埋み火は消えているかもしれませんがね」

そう言いながら、百次郎は茶室から出て行った。とたんに激しい汗の匂いと、肩が凝るような緊張感が消える。大番頭の精神状態や、それによって起きる発汗が、我が身にも伝染っていた。

「やはり緊張しているようだな」

手拭いで汗を軽く拭いた。風炉の灰に埋めこまれていた埋み火を探して、木切れに火を移そうとしたとき、

「客が来たようです」

躙口の近くで才蔵の声がした。

「見張れ」

ひと言、命じた。

「承知いたしました」

才蔵はなぜか立ち去ろうとしない。言おうかどうしようか、逡巡しているのが伝わってきた。

「お加代のことですが、波留様を見たのは……」

「よせ」

隼之助は短く遮って、告げる。

「『外待雨』を招んでくれるやもしれぬ」

盟友の雪也には、通じなかった『外待雨』だが、小頭を務める才蔵には、以心伝心となったようである。

「は」

ひと文字、返して、立ち去った。客が来たのだとすれば、百次郎との小さな茶会は中止になるかもしれない。と思ったのだが、ほどなく戻って来る足音が聞こえた。

——さほど重要な客ではない、ということか？

炭を熾して、百次郎を待っている。もしや、と、別の考えも浮かんでいた。客をこの茶室に招くつもりなのではないか。

「風炉の支度は調いましたか」

茶弁当を携えた百次郎から、そのまま受け取る。

「大丈夫です」

茶弁当と言っても、食事の用意をして来たわけではない。茶道具一式を携帯するための用具を、茶弁当と呼んでいた。食事の場合は、弁当一荷と表現する。

「ちょうどよかったですよ」

百次郎が言った。

「お客様がおいでになりましてね。ここでおもてなしすることになりました」

「それでは、てまえは失礼いたします」

「いえ、壱太は躙口の近くに控えていてください。見て、聞いて、憶えてほしいんですよ。支度を手伝ってもらえますか。水を汲んで来てもらえると助かります」

「畏まりました」

渡された南蛮ふうの水指を持ち、躙口から外に出る。南蛮縄簾水指に似ているが、似て非なるものであるのを、ひとめで見抜いていた。呆れるほどに、贋物が出まわっている。咲き誇る朝顔の間にもうけられた蹲の水を柄杓で水指に入れた。

――主は現れぬのか。

愛妾の家に行ったままなのだろうか。それともすでに帰宅して、客人の相手をしているのか。母屋の方を気にかけつつ、隼之助は茶室に戻った。

三

「水を汲んで参りました」

躙口から入ったとたん、またもや目が釘付けになる。箱から出された小ぶりの茶碗に、いやでも目と心を吸い寄せられていた。

淡く黄色みを帯びた釉膚に、斑文状に幅広く広がったしみが、えもいわれぬ味わいを醸し出している。釉を掛けそこなった火間や、くっつきをはがした跡などもあって、侘び茶の妙碗の趣きを漂わせていた。小さい茶碗ながらも、その存在感を強烈に放っている。

「雨漏茶碗ですか」

興奮を抑えつつ、さりげなく訊いた。

「そう、雨漏です」

またしても大番頭は得意げな顔になっている。その表情を見て、よけいに胸が騒いだ。

「拝見しても宜しいでしょうか」

水指を置いて、にじり寄る。

「かまいませんよ」

と、百次郎は頷いた。水指を近くに引き寄せた後、風炉の五徳に載せた釜の様子を見ている。隼之助は手拭いで手を拭き、茶碗を掲げるようにしてから、掌に収めた。

刹那、数々の場面が浮かんだ。もとは、ざんぐりとやわらかな焼きあがりの白い高麗茶碗だが、轆轤挽きの指跡が残っている。作り手は、ぐっ、ぐっ、ぐっと力強く轆轤を挽いたに違いない。

使っているうちに雨漏ふうのしみが出てくることから、この手の茶碗に『雨漏』の呼び名が与えられるようになった。中でも『古堅手雨漏(こかたであまもり)』と『蓑虫(みのむし)』、そして、『喜左衛門井戸(きざえもんいど)』というような銘を持つ茶碗は、名物や大名物の類(たぐい)に入る。

ふれる度、同じ銘が隼之助の頭に浮かんだ。かつて一度だけ手にしたことのある茶碗の銘が、繰り返しひびいていた。

「いかがですか」

釜の様子を見ながら、百次郎が笑みを向けた。

「銘はわかりますか」

「いいえ、見当もつきません。雨漏であることは、この独特なしみを見まして、なんとかわかりましたが」

「『蓑虫』ですよ」

「え」

「名物の『蓑虫』です。松平不昧(ふまい)公あたりが、その手の茶碗を雨漏と呼ぶようになったのかもしれませんがね。中でも名物と呼ばれる雨漏茶碗のひとつがそれです」

「まさか」

驚きを素直に表した。違うと否定したかったが、己の感覚が真実を教えている。味わい深い愛らしさを持つ茶碗の景色(けしき)も、百次郎の言葉を裏打ちしていた。

「おそれおおいことで」

隼之助は、そっと大番頭の前に返した。名物や大名物といった道具に出会うと、決まって冷や汗が出る。数々の名将たちが手にしたであろう茶道具に、いやでも畏敬の念が湧いていた。

「肩に力が入りました」

「わたしもですよ。先程から汗が止まりません。顔には出ないんですがね。背中をつつーっと汗が伝い落ちています」

百次郎の苦笑に大きく頷き返したが、

――うそだ。

心の中で応えた。先刻、白薩摩を見せたときには、とらえられた汗の匂いが、今は感じられなくなっていた。百次郎は口で言うほど緊張していないのではないか。これから来る客は、親しい者、つまり緊張を必要としない相手なのかもしれない。

「さて、そろそろお客様をご案内いたしましょうか」

「旦那様はお戻りなのですか」

思わず確かめていた。ちらとも口にしない不自然さが引っかかっている。まるで百次郎が、〈山菱屋〉の主のようだった。

「今し方、お戻りになられましたが、酒臭くてたまりません。湯にお入りいただいているのですよ。お客様のお相手は、御内儀さんにおまかせしております。女子ながらも茶の湯や俳句、香道や華道といった道に長けておられるうえ、旦那さまよりずっと商いに通じておられますから」

茶の湯道楽ばかりか、女道楽にも熱心な主を措いて、この見世は御内儀と大番頭が取り仕切っているようだ。隼之助はつい〈切目屋〉の女将を思い浮かべている。

——もしや御内儀は、この大番頭と。

できているのではないだろうか。百次郎はあまりにも主然としすぎている。名物を前にして動じないあたりにも、この家における百次郎の立場が表れているように思えた。

「大番頭さん。ご案内しても宜しいでしょうかと、御内儀さんが」

奉公人が躙口から呼びかけた。

「すぐに参ります」

百次郎は答えて、掛け軸を隼之助に渡した。

「これを床の間にお願いしますよ」

「畏まりました」

渡された掛け軸を床に掛ける。墨蹟の掛け軸、花入には一輪の朝顔、雨漏茶碗の隣に並んだ茶入もまた、ふっくらと愛らしい雰囲気を持っている。目玉はなんと言っても『蓑虫』だろうが、全体的に悪くない道具仕立てになっていた。

「壱太は、露地にいなさい」

「はい」

「大役です。荷が重いですよ」

立ちあがった百次郎を、追いかけるような形で、隼之助は躙口から外に出る。相変わらず大番頭から強い汗の匂いはとらえられなかった。白薩摩を見せたときのあれは、いったい、なんだったのか。

「おや、おいでになりましたね」

百次郎が立ち止まる。母屋に続く小径に、御内儀らしき女子と侍が見えた。隼之助は素早く露地の傍らに蹲踞する。

――客は侍か。

気づかれぬよう、女と侍を盗み見た。

「〈山菱屋〉の八窓庵に、ようこそ、おいでくださいました」

百次郎の挨拶を、御内儀らしき女が継いだ。

「ささ、どうぞ、岸田様。中にお入りください」

多聞の御膳帳によれば、名は比佐子で年は三十。子のことは記されていなかったが、授からなかったのかもしれない。そのためだろうか、年よりも五歳ほど若く見えた。今も美しいが、十七、八の頃は、引く手あまたの美人だったに違いない。藍色の絽の着物が、きめ細かな白い肌をいっそう引き立てている。

「では」

岸田と呼ばれた侍が、持っていた刀と脇差を差し出した。すかさず隼之助が受け取る。普通は供の役目だが見世の外か母屋にいるのだろう。連れていなかった。年は四十前後、えらの張った顔が、しかつめらしい印象を与える。

「岸田様。わたくしは、こちらで失礼いたします」

比佐子の会釈に、

「御内儀も一服、いかがじゃ」

侍は、躙口を目で指した。比佐子が百次郎に目を向けると、大番頭は鷹揚に頷き返した。

「それではお相伴にあずからせていただきます」

岸田に続いて茶室に入る。どうやら主導権は大番頭が握っているらしい。岸田にしてみれば、男と二人きりの茶の湯よりも、御内儀と同席できる方が楽しいのではないだろうか。

――夫の女遊びに疲れ果てて、寺詣りという様子には見えぬな。

隼之助は冷静に判断している。勇雄の報告を鵜呑(うの)みにはできなかった。女を加えた小さな茶会は、談笑しながらの流れになっている。なごやかな雰囲気に思えた。

茶入の蓋(ふた)を開けたのかもしれない。えもいわれぬ茶の芳香が、躙口から流れて来た。鼻から入った薫りは、そのまま隼之助の舌に広がる。やわらかな、非常に品のいい香気がとらえられた。

――やはり『初むかし』やもしれぬ。

去年の茶だろうが、流石(さすが)は江戸の茶問屋と言うべきか。将軍家や一部の大大名にしか味わえない茶を、もてなしとして用いるのは驚くしかない。それだけ重要な相手なのかもしれないが……。

「わ、藁屋(わらや)に名馬、つ、つな、繋ぎたるがよしと也(なり)」

不意に大きな声がひびいた。言葉同様、もつれるような足取りで、男がこちらに歩いて来る。離れているにもかかわらず、濃密な酒の匂いが漂った。隼之助はとっさに、意識の中で鼻を閉ざした。鼻の穴に綿を詰めて塞(ふさ)ぐような感じである。

これができるようになったお陰で、役目を務めるのが、だいぶ楽になっていた。一瞬、吸いこんだだけでも、噎(む)せ返りそうになったが、かろうじて倒れるのは免れた。

「酒なくして、な、なにが楽しき人生ぞ、だ」

ヒィックとしゃくりあげた瞬間、飛び石に躓(つまず)いて、転びかける。

「危ない」

いち早く隼之助が支えた。躙口から出て来た百次郎が、岸田の刀と脇差を引き受けてくれた。

「旦那様。母屋の座敷でお休みください」

なかば呆(あき)れ顔の忠告になっていた。この酔っぱらいが、主の嘉助なのだろう。年は御内儀と同い年の三十。五年前に先代が亡くなった後、身代を継いでいた。酒浸りなのか、ふやけたような白い顔をしている。痩(や)せぎすの身体は、見るからに頼りなさそうに見えた。

「ん？」

嘉助はとろんとした目を、まずは百次郎、そして、隼之助に向けた。顔を思い出そうとするかのように、じっと凝視する。

「はて、おまえさんはだれだったか。いよいよ酒に頭をやられましたかね。奉公人の顔も思い出せないとは」

　ぱちぱちと何度も目をしばたたかせた。屈託のない表情は幼子のよう。隼之助は遠慮がちに答える。

「壱太と申します。本日より、ご奉公させていただくことになりました。旦那様がご存じないのも致し方なきことかと存じます」

「なるほど。あた、新しい奉公人か」

　呂律がまわらない。

「旦那様。母屋でお休みください」

　ふたたび百次郎に言われたが、

「わ、わたしも、ヒィック、岸田様と、お借りしてきた、あ、いや、こ、これは言ってはいけないのだったな。我が家、ひぞ、秘蔵の『蓑虫』で、是非、一服、頂戴いたしたく、ヒィック」

　主は躙口に足を向けた。隼之助の支えなしには、とうてい歩けない。大番頭は渋面になったが、酔っていようとも相手は主。

「どうぞ」

　仕方なさそうに招き入れた。隼之助に支えられながら、先に入った百次郎の手を借りる。尻を押すようにして、躙口から中に押しこんだ。隼之助はその場に膝を突き、主の様子を見守る。

「これは、これは、岸田龍右衛門様」

正座して、嘉助は挨拶した。

「主殿。日の高いうちから酒とは、よいご身分でござるな。それがしなどは、酒を飲む暇もありませぬ」

岸田が皮肉めいた挨拶を返した。

「いやはや、面目ございません。昨夜から飲み続けまして、お、追い出されました。ほら、例の安囲いです」

またヒィックとやって呂律がまわらなくなる。もごもごと、なにやら口ごもっているうちに、早くも鼾が聞こえてきた。同席者の表情は見えないが、みな呆れ顔であるのは確かだろう。

「壱太」

百次郎が、躙口から顔を突き出した。

「旦那様を母屋に、お運びしておくれ」

「はい」

泥酔しきった男の重さを、考えるだけでうんざりする。加えて、なんらかの話を得られるであろう茶室から、離れなければならないのも口惜しい。

――才蔵にまかせるしかないな。

床下の盗み聞きは仲間に託すことにした。隼之助は背中を向けて躙口に屈みこむ。

背負わされた主は……思いのほか軽かった。

四

「蓮咲くや一の鉢に花二つ」

布団に横たえた嘉助が呟いた。やけにはっきりしていたが、あとは口の中で意味のない言葉を繰り返している。寝言のようだった。

――起きたとたん、頭が痛いと訴えるやもしれぬ。

隼之助は、廊下に出て台所に足を向ける。生憎、深酒に効果のある薬は携えていないが、とりあえず水を用意しておいた方がいいだろう。

「蓮が」

廊下に面した庭に、睡蓮を植えた楕円形の大鉢が置かれていた。寝言らしき呟きどおり、水を張った細長い楕円形の大鉢に、二種類の蓮が植えられている。ひとつは和蓮、もうひとつは唐蓮。二株ともまだ花は固く蕾を閉じていた。咲く気配はない。

——蓮咲くや八文茶漬二八そば、か。

小林一茶の句を思い出していた。先程の寝言は、おそらく小林一茶の句の変句ではないだろうか。そんなことを思いつつ、台所に行った。

しばらくの間、茶室にいたため、時が経つのを忘れていたが、いつの間にか午を過ぎていたようだ。下働きの者たちは、ほとんど残っていない。ただひとり、才蔵が勝手口に立っていた。

「中食は蕎麦です」

すぐにこちらへ来る。当然のことながら、隼之助も他人行儀に応じた。

「蕎麦は要りません。土瓶に水をお願いできますか。ついでにウコンかクチナシがあれば、少しいただきたいのですが」

板の間から土間に降りて、下駄を履いた。どこでだれが聞いているかわからない。才蔵も態度をくずさなかった。

「ウコンならあります。まずは水ですね」

台所の流し場に行き、水瓶から小さな土瓶に水を入れ始める。周囲の様子を確かめた後、隼之助は隣に並んだ。

「茶室には、だれか付いているか」

「先に潜入させておいた者が、床下に潜りこんでおります」

「侍の名は、岸田龍右衛門」

「わかりました。外にいる見張り役が、あとを尾行けます」

「頼む」

「ウコンは煎じたものを、お持ちいたします。それと〈切目屋〉の女将から橘町の家に使いが来た由。優曇華餅と桶茶の用意を手伝ってほしいと」

「駿河から来た庄屋は、まだ江戸にいるのか」

「わかりません」

「明朝、伺うと伝えてくれ」

素早く話を終わらせた。隼之助は土瓶と湯飲みを盆に載せて、奥座敷に戻る。途中の廊下で御内儀の比佐子に出くわした。一礼して、廊下の端に控える。

「壱太、でしたか」

比佐子が立ち止まって、問いかけた。茶室の中で隼之助の挨拶を聞いたのだろうが、今ひとつ自信が持てなかったのかもしれない。

「さようでございます。本日より、通いの見世働きとして、ご奉公させていただくことになりました」

「そうですか」

比佐子は答えて、しばし佇(たたず)んでいる。物言いたげな雰囲気があった。少しの間、言葉を待っていたが、なかなか口を開かない。

「御内儀さん」

隼之助が目をあげた刹那、

「宜しくお願いします」

そっと右手にふれた。

「………」

隼之助は目眩(めまい)を覚えて動けなくなる。比佐子がふれた部分から、おぞましさを持つ昏(くら)い氣(き)が流れこんで来た。盆が重さを増したかのように手が重くなる。その薄気味悪い重さは、首や肩、背中と、身体中に広がっていった。

沈みこむ、身体が……いや、心、だろうか？

「だれかいないか」

嘉助の声で、隼之助は我に返った。比佐子はすでにいなくなっている。廊下に膝を突いた姿勢が、沈みこみそうになった気持ちを表していた。

「ただいま参ります」

軽く頭を振って不快な氣を払いのける。この蒸し暑さゆえ、障子は閉めていない。

嘉助が布団の上に起きあがっていた。

「水、厠（かわや）」

童子のように単語を発した。隼之助が湯飲みに注いだ水を一気に飲む。次は厠とばかりに立ちあがろうとしたが、茶室のとき同様、大きくよろめいた。

「大丈夫でございますか」

ふたたび支えた隼之助に、力無い笑みを向ける。

「何度もすまないね」

「いえ」

「厠まで肩を貸してくれるかい」

「はい」

支えて、嘉助と廊下に出た。茶室の近くにいたときと今とでは、微妙に言動が異なっている。酒の匂いはするものの、さほど酔っていないように思えた。

——泥酔したふりをしていたのか？

厠の外で待つ間も、比佐子の昏い氣が甦っている。流れを見るとまさに〈切目屋〉のようだが、女将の志保と番頭の与兵衛の場合、これほど邪悪なものは感じられなかった。単に隼之助を誘ったとは思えないが……。

「なにか薬はあるかい」

厠から出て来た嘉助は、手水鉢で手を洗った。

「ウコンを煎じるよう、台所の者に頼んでおきました」

「気が利いているじゃないか」

青白い顔の笑みが、多少、ましなものに変わる。掛けてあった手拭いで手を拭き、座敷に戻り始めた。が、蓮の大鉢のところで立ち止まる。

「二番芽も楽しからざる茶の木哉」

またもや出たのは、小林一茶の変句だった。しかし、ここで下手に知識を披露すると、警戒心を持たれるかもしれない。

「蓮の花は、一株にした方が宜しいのではないかと」

遠慮がちに申し出る。一茶の句について意見を述べるのは避けたが、蓮の話であればいいのではないか。

「なぜ？」

嘉助は訊いた。口もとに皮肉な笑いが滲(にじ)んでいる。ひとつの鉢に二つの蓮を植えるのはよくないと、知ったうえの問いかけに思えた。

「蓮はひとつの鉢に、二株以上、植えてはならないと聞いた憶えがございます。強い方が残り、弱い方は消えてなくなる、とか」

答えているうちに「やはり」と察した。嘉助はわざと植えたに違いない。どちらが生き残るか、その目で見るのを昏(くら)い楽しみにしているのではないだろうか。

――昏い楽しみ。

隼之助は違和感を覚えた。比佐子に通じる自虐的な遊びだが、嘉助には、いかにも相応(ふさわ)しくない。酒と女に溺(おぼ)れているように見えるが、似合うのは夏の明るい陽射しのように感じられた。この主があの茶室になじまなかったのは、女房や大番頭とは、異なる気質だからではないのか。

その証(あかし)として、嘉助にふれても昏い氣は感じなかった。

「弱い方は消えてなくなる」

ぽつりと言った。

「さて、消えるのはどちらでしょうかね」

押しあげた笑みは、作り笑いのようだった。目は笑っていない。その笑いを張りつかせたまま、嘉助は座敷に戻った。

「あとで薬をお持ちいたします」

隼之助はいったん見世に戻ろうとしたが、

「壱太」

呼び止められた。

「これを」

と、懐から小さな紙包みを取り出した。幾ばくかの銭であるのはあきらか。それでも隼之助は受け取るのを躊躇する。

「いただけません」

「勇雄も奉公したばかりじゃありませんか。みんなで酒でも飲むといい。番頭や手代の話を聞くのは、奉公の役に立ちますからね」

「お気遣い、ありがとうございます。それでは頂戴いたします」

受け取りながら、心の中で首を傾げている。勇雄の調べでは、主は吝嗇家という話だった。それゆえ若い奉公人は、すぐに辞めると言っていたものを……どちらが正しいのか。

——主の厚意に甘えるか。

酒を飲むのも役目のうち。ともすれば、波留に向きかける気持ちを懸命に引き戻した。比佐子にふれられた右手を、自分でも知らないうちに押さえている。

五

「旦那様のお陰ですよ。このような宴を開けるのは、めったにないことです。旦那様にしてみれば、酒宴で繋ぎ止めようという考えなのかもしれませんがね。まあ、とにかく近頃の若い奉公人は、こらえ性がなくていけません」

大番頭の百次郎は饒舌だった。

「古株まで呼ぶと金子が足りなくなりますから、奉公して間がない者だけを集めました。酒は行き渡っていますか。肴は間に合っていますか」

と、居酒屋を見まわした。馬鹿正直に紙包みを、そのまま渡したのが、よかったのか悪かったのか。宴の場として選ばれたのは、深川佐賀町の居酒屋だった。見世のある日本橋界隈に比べれば、場末と言わざるをえない。

——吝ん坊は大番頭かもしれないな。

隼之助は安酒には、ほとんど手をつけていなかった。主の嘉助が渡した包みには、二両もの金子が入っていたにもかかわらず、大番頭が選んだのはこの見世。永代橋を渡ってすぐの場所だが、夜鷹の稼ぎ場所としても知られている。

「大番頭さん、本当にありがとうございます」

心を押し隠して、隼之助は注ぎ役を務めた。番頭のお猪口を脇に置き、湯飲みに並々と酒を注いだ。安酒はその匂いだけでも悪酔いしそうになる。意識の中では鼻を塞ぎ、匂いを遮断していた。

「いえいえ、先程も言いましたように、旦那様のお陰ですよ。すぐ辞められては困るという、お考えなのでしょう」

上機嫌で、湯飲みに注がれた酒を飲む。肴は漬け物や蓮根の炒め煮、蒟蒻の和え物といったところだが、味はそこそこだった。せめてもの慰めかもしれない。貸し切り状態の見世には、才蔵や勇雄、先に潜入していた仲間のひとりも同席している。大番頭を含めて十一人が招ばれていた。

「よく八窓庵に、お侍様をお招きするのですか」

隼之助は問いかけながら、ついしげしげと百次郎を見つめている。楕円形の大鉢に二株、植えられていた蓮の花。ひとつは主の嘉助、もうひとつはこの百次郎だろうか。主よりもひとまわり以上、年上であるばかりか、容色も落ちるのはいなめない。手が綺麗なことだけは認めるものの、どう見ても嘉助に分があるように感じられた。

「そうですね。よくおいでになりますよ。市中に庵を持つことこそが、わび、さびを愛する茶人の望みですからね。貧乏旗本にとっては垂涎の的。羨ましいと思っているお侍様は、多いと思います。岸田様はさる大名家の御用人ですが、列びなき数寄者として名を知られているお方。点前を頂戴できましたのは、幸いでした」

「ですが、旦那様もまことの数寄者、伊達男だと、わたしは感じました」

隼之助は思いきり持ちあげる。仮に大番頭と御内儀が、男女の仲だとすれば、敵対心を見せるかもしれない。

「はい。安囲いの伊達男ですね」

微妙な言葉を返した。小さな笑いが広がる。安囲いで皮肉を言ったようにも思えたが、表情は変わっていなかった。他の膳の奉公人たちと一緒になって、笑い声をあげている。

「旦那様は、いささかご酒を嗜みすぎておられるように思います。なにか悩みでもおありなのでしょうか」

差し出口を承知で、一歩、踏みこんだ。百次郎の隣には、いつの間にか才蔵が座している。大番頭と話すのは気が張るのかもしれない。この膳には三人しかいなかった。

勇雄ともうひとりの仲間は、それぞれ別の膳に付き、話を仕入れている。

「お子ができないからでしょうねえ」

百次郎は深い吐息をついた。

「祝言をあげてから、そう、かれこれ十年ほどになるでしょうか。夫婦仲も悪くないのに、跡継ぎを授かりません。それもあって旦那様は、他に女子を囲っているのですよ」

「ですが、安囲いでは」

口を挟んだ才蔵に、すぐさま答えた。

「そうです。父親がはっきりしませんね。もう諦めているのか、やけを起こしているのか。去年あたりから急に、酒の量が増えました」

鵜呑みにできない答えだった。本当に子ができないから酒の量が増えたのか。御内儀の昏い氣もまた引っかかっている。

——なにか隠しているのは確かだ。

白もんと言われる白薩摩を見せたのは、薩摩藩に脅されていると示したのか。あのとき掻いた汗は、暑かったからなのか。それとも冷や汗だったのか。鬼役と知ったうえで助けを求めているのか。

疑問の嵐だった。

「『蓑虫』は、わざわざ借りてこられたのですか」

話を昼間の小さな茶会に変える。雨漏茶碗『蓑虫』の持ち主は、大大名家であるはず。ぴくりと百次郎の眉が動いた。

「そうですよ。岸田様は〈山菱屋〉のたいせつなお客様。茶会でなくても最高のおもてなしをするようにと、常々、旦那様から言われていますからね。しばらく貸していただけることになったのは幸いでした」

ちらりと隼之助に目を投げる。

「機会があれば、『蓑虫』で一服、馳走いたしましょう」

「本当ですか」

いささか大仰に驚きの声をあげた。空になりかけた大番頭の湯飲みに酒を注ぐ。かなり飲んでいるはずなのに、まったく顔に出ていなかった。淡々と飲み続けている。

「嘘をついても仕方ありませんよ。まあ、岸田様にも機嫌よくお引き取りいただきました。『蓑虫』様々でしょうか」

「そんなに気遣いが必要なお相手なのですか」

と、才蔵。答えないかと思ったが、百次郎は大きく頷いた。

「ここだけの話ですがね」

十八番の囁きが出た。隼之助と才蔵は顔を寄せる。

「粗相があれば〈山菱屋〉の身代が潰れるのは間違いありません。ですから毎回、お侍様のご接待は冷や汗ものなのです。この度は『蓑虫』の接待がお気に召したご様子。とにもかくにも、ほっといたしました」

　あのとき百次郎は、冷や汗など掻いていなかったが、隼之助は早々に茶室を辞している。その後で冷や汗接待になったのかもしれない。しかし、『お侍様』という表現が引っかかった。接待したのは岸田龍右衛門であるはずなのに、なぜ、名を口にしなかったのか。

　頭に留めて、さりげなく切り出した。

「どちらのご家中なのですか」

「ちょいと厠へ」

　突然、百次郎は立ちあがる。聞こえないふりをして、かわしたのは間違いない。開けたままの戸に歩き、外の厠へ行く姿を、隼之助と才蔵は苦笑とともに見送っていた。

「食えぬ男だな」

　唇だけ動かして告げた。仲間同士で用いる特殊な会話法だ。他の膳にいる奉公人たちを警戒しているのは言うまでもない。

「〈山菱屋〉のことだが、さいぜんまでは〈切目屋〉に重なったのだが、なぜか今は〈蒼井屋〉も浮かんでいる。空気が似ているというかなんというか」

「仰せのとおり、あの大番頭は、雰囲気が猿橋様に似ていますね。古株の者たちは、今宵、来ていませんが……古株の奉公人たちが立ち働く様子もまた〈蒼井屋〉に似ているような気がします」

才蔵が同じ会話法で相槌をうつ。同意を得て、推測は確信に近くなった。もし、この推測が事実だとしたら？

「奉公人の出入りが激しいような話をしていた。不審をいだかれぬための前振りだったと考えれば」

「得心できます」

「では」

隼之助は、忠実な配下に答えを求める。

恐ろしい想像が湧いていた。

もしかすると、〈山菱屋〉は乗っ取られているのではないか。その頭役となっているのは、百次郎と岸田龍右衛門なのではないか。岸田は薩摩藩の家臣ではないのか。

「黒幕は〈蒼井屋〉を真似たのかもしれません」

才蔵が推測を言葉にした。

「今宵、ここに来ているのは、黒幕とは関わりのない新参者ばかりなのかもしれませんね」

「なれど、大番頭の百次郎は、父上の御膳帳に名を記されていた。五十前後という年や風貌(ふうぼう)も一致する。古くからの奉公人であるのは確かだろう」

「年齢や風貌の近い者が、百次郎に成り代わったことも考えられます」

いかにもお庭番の小頭らしい考えを口にした。贋者(にせもの)が標的になりすます忍び独特のやり方。狙われた百次郎は、哀れ、土の下。それに気づいた古株の奉公人は、闇から闇へと葬られた。ひとり葬る度に、黒幕の大名家から、ひとり加わる。

おっとりとした主が気づいたときには、ほとんどの奉公人が侍商人に成り代わっていた。

「大番頭が別の人間に代わったら、主夫婦も気づくだろうが」

「言えない相手なのかもしれません。ゆえに主の嘉助は酒に溺れている」

言葉を継いだ才蔵に、小さく頷き返した。

「ありうる、やもしれぬな」

「わたしは先に帰ります」

岸田龍右衛門を尾行けた配下が、橘町の家に来ているかもしれない。才蔵にしては珍しく、気が急いているようだった。

「気をつけろ」

隼之助が言ったとき、

「うわぁぁっ」

絶叫がひびいた。

六

隼之助は真っ先に飛び出している。勇雄と配下のひとりがそれに続くや、

「出て来ないでください」

才蔵が見世の戸を素早く閉めた。

闇の中で幾つかの人影が動いていた。裏店の奥に設けられた厠のあたりに殺意が蠢いている。駆け寄ろうとした隼之助に、刃が突き出された。軽くかわして、背後にまわりこみ、後頭部を打つ。地面に倒れこむ男から、匕首らしき得物を奪い取った。

「た、助け、助けて」

路地の奥――厠の前あたりで、百次郎のかぼそい声が聞こえていた。その前に五、六人が控えている。罠かもしれないが助けるしかなかった。闇の中から伸びる刃を、右に左にかわし続ける。音もなく才蔵が後ろに張りついていた。

「後ろは」

おまかせくださいと告げる。守りを受けて、隼之助は攻めに出た。狭い路地では互いに思うような動きはできない。ひとりの斬撃を弾き返しざま、相手の懐に飛びこんだ。と同時に握りしめた匕首が、男の腹に食いこんでいる。

「ぐぅ」

男は呻き声をあげながら膝を突いた。

「はっ」

次の刺客が、刃を投じる。月も星もない闇夜だったが、隼之助には視えた。眼前に匕首を構えて弾き返すと同時に、踏みこんでいる。目にも止まらぬ速さで男の喉を切り裂いた。

「…………」

男は鮮血を迸らせて、その場に斃れる。形勢不利と見て取ったに違いない。三つの人影が、裏店の屋根に飛びあがった。

刹那、かすかな呻き声があがる。仕留めるべく勇雄と配下が、屋根の上に移っていたのだろう。勇雄たちだけでなく、連絡役や護衛を兼ねた配下が常に付いている。からくも道に降りたひとりを、待ちかまえていた配下が仕留めた。

「終わりました」

才蔵の冷静な声が、戦いの終わりを告げた。配下は早くも屍（しかばね）の始末に取りかかっている。ひとりがどこからか大八車を曳（ひ）いて来た。役人が駆けつけて来たら、面倒なことになるのは間違いない。鬼役の証を示せば役人は引きさがるだろうが、できるだけ内々に片付けるのが得策だ。

「大番頭さん」

隼之助は厠の前に行った。倒れていた百次郎に呼びかけたが、答えは返らない。足に軽い傷を負っているようだった。失神していたのであれば幸いといえる。が、ふりをしていることも、充分、考えられた。

「居酒屋に」

隼之助が百次郎の右肩、才蔵が左肩を担ぎ、居酒屋に運ぶ。襲撃に適した闇夜は、騒動を隠すのにも役に立っていた。

「なにがあったんですか」

「大番頭さん」

居酒屋の中にいた奉公人たちは、ただただ狼狽えている。密かに手助けをした勇雄ともうひとりが、さりげなく輪に戻っていた。運びこむとき邪魔にならないよう、椅子代わりの酒樽を急いで横に片付ける。隼之助は才蔵の手を借りて、膳台に百次郎を横たえた。

「だ、大丈夫ですか」

若い奉公人は、当の大番頭以上に青ざめている。

「焼酎をお願いします」

隼之助の言葉で、才蔵が焼酎を持って来た。右の太腿を浅く刺されている。たいした傷ではないが、素人にとっては尋常ならざる光景であろう。おろおろするばかりだった。

隼之助が傷口に焼酎をかけると、

「うぅ」

百次郎が呻いた。

「大番頭さん」

「気がつきましたか」

二人の奉公人が顔を覗きこむ。他の者たちは、近づくと厄災に巻きこまれるとでも思っているのか、見世の主ともども隅の方に固まっていた。

「あぁ」

百次郎はふたたび呻くような声を発した。何度も目をしばたたかせている。首をめぐらせたとき、隼之助と目が合った。

「ここは？」

「佐賀町の居酒屋です。大番頭さんは厠の前に倒れていました。わたしたちが駆けつけたときには、だれもいませんでしたが、襲われたんですか」

隼之助は虚言を返した。しらじらしいと思ったが、鬼役であることを奉公人たちに知られてはならない。よく見れば着物の返り血の凄さに気づくだろうが、幸いにもみな動転しきっている。戦いについては、いっさい口にしなかった。

「襲われた」

百次郎は、繰り返した。まだ完全に意識が戻っていないのか、視線が宙をさまよっている。

「厠の前」

と呟いた瞬間、

「あぁっ」

いきおいよく起きあがったが、

「イタタタ」

とたんに右の太腿を押さえた。

「横になっていた方が宜しいかと」

隼之助の言葉を、才蔵が継いだ。

「すぐに医者を呼んで来ます」

「わたしが」

勇雄がすぐに走り出る。奉公人たちは顔を見合わせるばかりで、だれひとり動こうとはしない。

「そう、厠を出たところを襲われたんです。真っ暗な影が覆い被さって来たと思ったら、右の太腿に焼け火箸をあてられたような痛みが走って」

百次郎も茫然自失という感じだった。

——芝居だとすれば、相当な役者だな。

隼之助は、疑いの目を向けている。新参者の正体を確かめるため、刺客を用意しておいたのではないか。ついでに命も奪えれば、上出来だったのかもしれない。

刺客は何者だったのか。

将軍派のお庭番を、思い浮かべずにいられなかった。

第四章　ハグレ

一

才蔵が報告した。

「賊は『ハグレ』です」

「かつてはお庭番でしたが、掟を破って、追い出された者がほとんどです。始末される前に、いち早く逃げた者たちです。諸藩に雇い入れられる者が多い由。中には盗人に身を堕とした者もおります。木藤様は一度、『ハグレ狩り』をお命じになられたことがありました。その折、かなりの数を始末したのですが」

曖昧に消えた語尾には、かつての仲間を始末しなければならなかったという、苦悩が見え隠れしていた。さらに将軍付きのお庭番が、『ハグレ』を装う場合もある。判別するのはむずかしいだろう。

「お庭番は三つに分かれているわけか」

大御所派と将軍派、そして、ハグレ派とも言うべき第三勢力。こちらの手の内を知り尽くしたハグレは、実に厄介な存在といえる。

「木藤様が『ハグレ狩り』をお命じになられたのは、隼之助様のためだったのではないかと存じます。代替わりするにあたって、禍の根を徹底的に片付けておこうとお考えになられたのではないかと」

「仲間からはぐれたゆえ、ハグレか。木藤家も他人事ではないな」

自嘲が滲んだ。生死すら定かではない弥一郎、姿を消したままの慶次郎。弥一郎が無事であれば、表の御役目——御膳奉行の役目を継ぐのも夢ではなくなる。弥一郎が番町の屋敷の主となって、慶次郎は補佐役を務めればいい話なのだが……今の状態では夢のまま終わりかねなかった。

「百次郎を含む〈山菱屋〉の奉公人について、今一度、調べろ」

と命じて、隼之助は、馬喰町の旅籠街に足を向けた。

百次郎を見世に送り届けながら、返り血を浴びた着物を着替えていた。諸々の騒ぎに思いのほか時を取られてしまい、七つ（午前四時）の鐘が鳴る頃になっていた。しかし〈切目屋〉には昨日の時点で、明朝、伺うと使いをやっている。

少し余裕があった。

——まだ数日しか経っておらぬのか。

〈船津屋〉の前に来たとき、いやでも惨劇を思い出していた。多聞はどんな思いだったのだろうか。富子を見張らせていた配下から、富子が〈船津屋〉に来たことを知らされた多聞は、大急ぎで小石川の屋敷から駆けつけた。

〝間に合うてくれ〟

祈るような思いだったかもしれない。

——父上。

ひとつ、深呼吸して、隼之助は〈船津屋〉の潜り戸を遠慮がちに叩いた。

「おはようございます」

夜明け前の江戸には、涼しいほどの風が吹いている。この北風のお陰だろう、昨夜は意外なほど爽やかな夜になっていた。みなぐっすりと寝入っているのかもしれない。

「出直すか」

離れようとした刹那、戸が開いた。

「どなたですか」

若い奉公人が訊いた。

「壱太と申します。旦那様か御内儀さんは……」

「まあ、壱太さん」

奉公人の後ろで声があがる。押しのけるようにして、御内儀の松代が顔を見せた。早朝であるにもかかわらず、目がきらきらしている。

「よくいらっしゃいました。優曇華餅はすごい評判ですよ。壱太さんがいつ来るか、いつ来るかと待っていたんです。さあ、どうぞ。あがってくださいな」

招き入れながら、声を張りあげた。

「おまえさん。壱太さんですよ」

「お邪魔します」

隼之助は潜り戸から中に入った。優曇華餅の用意や、朝餉の支度をしていたに違いない。主の庄助が台所から廊下に出て来た。

「お陰さまで繁盛しています」

妻女同様、わずか数日で柔和な表情になっていた。

庄助の借金が原因で、松代が借金をするという悪い流れの中、夫婦はかけがえのないひとり息子、銀次郎を喪った。刺されそうになった母親を庇い、我が身を犠牲にしたのである。心が壊れかけていた松代を、この見世に連れ戻したのは銀次郎と同じ年頃の隼之助。思えば不思議な巡り合わせかもしれなかった。

「それはなによりです」

「いや、二、三日前に、壱太さんに似た人を見かけたんですよ。声をかけようとしたんですが」

「見間違いだろうって、あたしは言いました。壱太さんであれば、すぐに来てくれますからね。手伝ってくれるだろうと思いました。もう本当に忙しくて、忙しくて、三人も奉公人を雇い入れたんですよ」

松代に背中を押されるようにして、茶の間に腰を落ち着けた。階段の下を通るとき、一瞬、血腥さをとらえたものの、無理に意識の外へ追いやっている。

「さっそくですが」

と切り出した隼之助に、松代が応えた。

「優曇華餅のことですね。一昨日だったかしら。〈切目屋〉の女将さんが、おいでになりましたよ。馬喰町の旅籠、もちろんやりたいという見世だけですけれど、そういう見世で優曇華餅を扱いたい、売りにして客を招びたいと」

「そうでしたか。いえ、実はこの後、〈切目屋〉さんに行くんです。ですが、優曇華餅を始めたのは、〈船津屋〉さんですから、ご挨拶をと思いまして」

「まあ、なにを言うんですか。優曇華餅を考えたのは、壱太さんじゃありませんか」

松代の言葉に苦笑する。考えたのは、波留だが、敢えて口にはしなかった。

「今は〈船津屋〉さんの優曇華餅です」

「だれがやってもかまいませんよ」

茶を運んで来た庄助が言った。

「〈切目屋〉の女将さんには、作り方を教えました。それぞれの見世で色鮮やかな幟を立てようと話しましてね。うちは船の幟にしようかと思っているんですよ」

「おまえさんは、優曇華餅と朝餉の支度を頼みます」

松代が盆を受け取って、主を廊下に追い出した。名残惜しげな目を投げつつ、庄助は台所に戻って行く。逆縁になった倅と隼之助を、重ね合わせるような目をしていた。

「早くしないと間に合わなくなりますからね」

独り占めの格好になった松代は、いかにも嬉しそうだった。が、隼之助に向けた表情が、ふとくもる。

「なんだか元気がありませんね。疲れているんじゃありませんか」

「いえ、あ、いささか疲れています。〈船津屋〉さんの真似をするわけではありませんが、昨夜は忙しくて寝ていません」

「不精髭や月代を伸ばして、まあ、色男が台無しじゃありませんか。朝湯にお入りなさい。その間に朝餉の支度が整いますから」

「ですが」

つい不精髭にふれている。流石に着物は取り替えたが、髭や月代まで剃っている暇はなかった。

「つまらない遠慮は禁物です。その格好で〈切目屋〉に行ったら、女将さんたちに笑われますよ。見る人は見ていますからね。商人はいつも身綺麗にしておかなければ駄目です。商いにさわりが出かねません」

答えを聞かずに、松代は立ちあがっていた。

「ちょうど朝湯が沸いたところなんです。泊まり客の中に、朝湯を所望する方がいましてね。一番湯を味わってくださいな」

さあさあと急かされて、隼之助は湯殿に向かった。身体に染みついた血の臭気を取るには、湯に入るのがいいかもしれない。

「ごゆっくり」

戸を閉めた松代に、慌てて声をかける。

「すみません。お言葉に甘えさせていただきます」

「どういたしまして」

こういう普通のやりとりが、なによりだった。どんなもてなしよりも、今の隼之助にはありがたかった。

〝案外、助けたつもりが助けられていた、ということになるのかもしれませんね〟

また波留の言葉が浮かんでいる。かみしめながら、隼之助は湯に肩まで浸かった。

ふうっと大きな吐息が出る。

「湯加減はどうですか」

すかさず外から庄助の声がかかった。湯に入ると聞いて、おれの出番だと思ったのかもしれない。声に喜びがあふれていた。

「いい按配です」

「もう少し熱くしましょうかね」

「そうですね。あと少しだけ」

「わたしは、上手いんですよ、風呂の湯加減が。だれにでも取り柄はあるもんですね、なんて、女房には言われるんですが」

「惚気ですか」

返すと、朗らかな笑い声がひびいた。暗くうち沈んでいた数日前とは、まるで別人だった。優曇華餅が夫婦の仲を取り持ち、見世の明日を切り拓いた。隼之助は大きな手応えを感じている。

——〈だるまや〉の商いが、おれには向いているのやもしれぬ。

世のため、人のためとまでは言えないが、困っている人を助けて、小さな灯をともすぐらいのことはできるのではないか。

「壱太さん。ここに着替えを置いておきますよ」

松代が脱衣所に入って来たが、返事をする前に出て行った。

「助かります」

小声で呟いている。倅のように思ってくれる夫婦の旅籠で起きた惨劇。怨まれても当然なのに、二人はひと言も口にしない。地獄を見た者の強さと優しさだろうか。今後、なにか起きたとしても、庄助と松代は乗り越えていくだろう。

「背中を流しましょうか」

外からひびいた庄助の声に、答えた。

「お気持ちだけで充分です。湯加減もちょうどよくなりましたので、台所の仕事に戻ってください」

身体には幾つかの傷痕（きずあと）が残っている。それを見られたくなかった。ようやく日常を取り戻した夫婦を、いたずらに刺激したくない。

「そうですか。では」

庄助が立ち去る気配がして、湯殿は静寂に包まれる。台所や廊下で立ち働く気配はあるものの、ここには別世界のゆるやかな時が流れていた。

〝すまぬ〟

不意に、多聞の言葉が甦（よみがえ）った。隼之助を庇い、この見世の二階で刺された父。崩れ落ちた父を支えたとき、囁（ささや）き声で謝罪した。その後、「小石川の屋敷へ」と告げて、多聞は意識を失っている。まさに最期の言葉になっていた。

——あれはどういう意味だったのか。

何度も、何度も自問している。北村富子のことを詫（わ）びたのか。おそらく富子に殺されたであろう母を、助けられなかったことに対する謝罪なのか。あるいは行方知れずの波留を見つけ出せなかった謝罪か。富子との確執に、巻きこんでしまった詫びだったのか。

「父上」

声に出した瞬間、ぐぅっと想いがこみあげた。この旅籠の二階で多聞は息絶えた。

隼之助はそう思っている。小石川の屋敷に戻るまで心ノ臓は止まらなかったが、あれは身体が生きていただけ。父が消えた場所、父の最期が刻まれた二階の廊下。

多聞は二度と還らない、波留はどこにいる、弥一郎兄弟は無事なのか。鬼役を賜った重責とともに、さまざまな事柄が駆けめぐる。

隼之助は泣いた。

声を押し殺して……泣いた。

二

「壱太さん」

松代の呼びかけで我に返る。

「はい」

「才蔵さんという方が来ているんですけど」

「知り合いです。すみませんが、ここに案内してください」

湯殿の密談も悪くない。焚き口の近くには、すでに配下がいるだろう。隼之助は湯に顔を浸け、あふれた涙をごまかした。

「才蔵です」

「一緒に入らないか」

誘ったが、

「いえ。背中をお流しします」

軽く断られた。尻はしょりして、才蔵が入って来る。隼之助は湯から出て、洗い場に座った。

「逞しくなりましたね」

才蔵の賛辞には耳を貸さない。

「それで」

役目に気持ちを戻した。

「岸田龍右衛門が帰ったのは、どこの大名家の屋敷だ」

「それが……戻ったのは、本所緑町の町屋だそうです。竪川に架かる二ツ目橋の近くに借りた仕舞た屋だとか」

「なに？」

思わず肩越しに振り返っている。間近で才蔵と目が合った。有能な小頭は、無言で頷き返した。

「愛妾でも囲っているのか」

自問するような呟きが出た。

「女子は見なかったそうですが、囲うつもりなのかもしれませんね。あるいは、われらを警戒しているのか。いずれにしても、屋敷に戻るでしょう。仕舞た屋に居続けるとは思えません。引き続き、見張らせております」

「忍びこんで、茶を一匙、盗めるか」

思いついた考えを口にする。大番頭の言葉を信じるのであれば、岸田龍右衛門は、列びなき数寄者、つまり茶の湯好きだ。となれば、屋敷や家にも茶を置いているはず。それは自国の茶という可能性もあった。隼之助の舌をもってすれば、領地がわかるかもしれない。

かなり突拍子もない申し出だったが、

「できると思います」

才蔵は即答する。

「ひとり闘茶の答えが、岸田龍右衛門の在所であればよいのですが」

置いてある茶の産地がすなわち、岸田が仕える大名家の領地とは限らない。が、一刻も早く〈山菱屋〉の背後にいる大名家をつかみたかった。薩摩藩なのか、それとも別の藩なのか。

　確実な証をつかまなければならない。

「ひとり闘茶か。おもしろいことを言うな」

　笑って、続けた。

「昨夜の襲撃騒ぎだが、今ひとつ、黒幕の思惑が見えぬ。おれが鬼役であることを試す騒ぎだったのか。それとも百次郎を片付けるつもりだったのか。むろんおれを始末できればという考えもあっただろうがな」

「あるいは、百次郎に対する脅しの意味もあったのか」

　小頭が継いだ言葉には、幾つかの意味が含まれていた。大番頭はすり替わっておらず、本物の百次郎が務めている。命令に従わない素振りが見えたため、黒幕は威嚇の意味をこめて、刺客部隊を放った。

「おとなしく従わなければ、次は命をいただくぞ、か。奉公人の中に見張り役もいるだろうからな」

「かなり怯えていました。芝居とは思えませんが」

　断言するのは避けた。百次郎は限りなく黒に近い灰色だ。黒幕から送りこまれた者が、なりすましている可能性も捨てきれない。

「御内儀の比佐子も引っかかる」

隼之助は、我知らず右手首を左手でふれていた。詳細は教えていなかったが、仕草だけで読み取ったのか、

「口説かれたのですか」

さらりと訊いた。

「まあ、普通に考えるとそうなるやもしれぬ。おれの手首をそっと握りしめて、『宜しくお願いします』と」

思い出したとたん、首筋の毛が逆立った。小頭は素早く変化をとらえている。

「いやな感じだったのですね」

「うむ」

「無理やり手伝わされているのかもしれません。〈山菱屋〉は茶問屋の老舗です。見世を乗っ取ったとしても、主夫婦の首をすげ替えることまでは、なかなかできないのではないかと思います」

「主は、小林一茶の句が好きらしい」

ふたたび浮かんだ事柄を告げた。鋭い小頭にも理解できない話だったのだろう、

「え?」

怪訝そうな声が返った。

「才蔵さんは、小林一茶をいかように思うている？」

問いかけると、よけい当惑したようだった。

「いかようにと仰いましても」

問いかけの意味をはかりかねていた。

「主の嘉助は、一茶と思しき変句を口にした」

一句は「蓮咲くや一つの鉢に花二つ」、そして、もう一句は「二番芽も楽しからざる茶の木哉」。

それぞれ正しくは「蓮咲くや八文茶漬二八そば」と、「二番芽も淋しからざる茶の木哉」となる。

「小林一茶というのは、信濃の農家に生まれた小倅だったとか。三歳で生母を喪ってからは、不幸の連続のような生涯を送った由。ちと似ているやもしれぬ」

またもや自嘲気味に言い、続けた。

「よく一茶の句は明るいと言われるが、はたして、そうなのか。苦しさや悲惨なことが、己の力ではどうにもならないと知ったとき」

肩越しに答えを求める。湯を汲んで背中を流した才蔵が受けた。

「諦めて、笑うしかありません」

「そう、笑うしかない」

そこでもう一度、隼之助は才蔵を振り返っていた。小頭の目を見ていた。すかさず答えが出たのは、この男もまた地獄を知っているからではないのか。

「才蔵さんは……」

早口で遮る。

「湯にお入りください」

「〈山菱屋〉に戻らなければなりません。主の嘉助が、小林一茶の句になにをなぞらえているのか。真実をつかむ必要があるのではないかと存じます」

言われるまでもない。

「わかっている。ああ、そうだ。梶野左太郎に連絡を入れてくれぬか」

「承知いたしました」

「寝る暇もないのが、いいのか悪いのか」

と隼之助は湯に浸かった。〈船津屋〉の主夫婦の善意が、身体全体を包みこむ。似た気を持つ女子の顔が自然に浮かんだ。

「義母上のことだが」

言い淀（よど）んでいると、才蔵が口もとに耳を寄せた。隼之助は花江を見たとき、頭に浮かんだ〝絵〟を告げる。硬かった小頭の表情が、みるまにゆるんだ。

「まことでございますか」

「おそらく、な。お庭番の女子を、いつも以上に配してくれ。くれぐれも気をつけるようにと」

「畏（かしこ）まりました」

平らかな気持ちに浸れるのは、ほんのひとときだけ。茶問屋を舞台にした侍と商人の戦（いくさ）は始まったばかりである。

ここからが正念場だった。

三

優曇華の花が咲き誇ることを祈りつつ、隼之助は、日本橋室町一丁目の〈山菱屋〉に戻った。〈切目屋〉と〈船津屋〉の間を取り持つ必要がなかったため、〈切目屋〉にはあがらずに挨拶を済ませていた。怪しまれるのを懸念して、先に才蔵が台所に戻っている。

「遅くなりました」

やや遅れて、隼之助も見世の潜り戸から入った。大番頭の百次郎は、しばらく休みを取るのではないかと思ったのだが、あにはからんや、帳場に座って指図していた。

「へっぴり腰ですねえ、それじゃ汚れが落ちませんよ。もっと力を入れて拭くんですよ。掃除が行き届いている見世は、商いも行き届いていると、お客様は思いますからね。綺麗な見世は福を招びます。あ、待ってください。その荷はどこから来た荷ですか」

左足でずるようにしながら、帳場の端に来た。刺された右太腿が痛むに違いない。右足は伸ばしたまま、床を移動していた。隼之助は会釈して、帳場や廊下の拭き掃除に加わる。奥座敷に続く廊下を拭いていた勇雄が目顔で招んだ。

掃除をしているのは、昨夜、宴をともにした若い奉公人ばかりだが、襲撃騒動がこたえているのか、なんとなく表情が暗かった。あとで役人が来ることになっている。それでよけい不安になるのかもしれない。奉公人がいるのに、見世は妙な静けさに覆われていた。

——大番頭の頑張りが浮いているな。

隼之助は拭きながら、さりげなく勇雄のそばに行った。二人はそのまま奥座敷の廊下に進む。あくまでも拭き掃除を装っていた。

「主夫婦は、別々に寝(やす)んでいるようです」

と、勇雄が告げた。お庭番同士の、特殊な会話法を用いているのは言うまでもない。唇の動きを読み取っている。廊下にひびいているのは、勘定場の不規則な算盤(そろばん)の音のみ。会話は聞こえていない。

「大番頭は仲睦(なかむつ)まじいと言うていたが」

「昨夜、他の奉公人に探りを入れたところ、三月(みつき)ほど前から、急によそよそしくなったとか。主が外に愛妾を作ったり、深酒するようになったのも、その頃からだそうです。もっとも」

周囲を確かめた後、さらに言った。

「宴に招(よ)ばれたのは、奉公して間がない者ばかり。今の話を教えてくれた男も、今年の二月からだと言っていましたので」

どこまで信用できるかと疑問を投げていた。隼之助は嘉助を背負ったときの軽さが忘れられない。浴びるように酒を飲み、安囲いの女の家を渡り歩く。痩(や)せるのも無理からぬことのように思えた。

「主のやつれ方にこそ、真実が表れているのやもしれぬな。古株の様子は?」

「近づくのは至難の業です」

勇雄は少し離れた座敷を目で指した。十人ほどの男が、算盤を片手に帳簿の丁を繰っている。不規則な算盤の音がなければ、人がいるのさえ、わからないかもしれない。古株同士も、ほとんど話をしなかった。

「他の古株は……」

勇雄の言葉を素早く遮る。

「蔵にいた」

ここに入る前、隼之助も確かめていた。他の古株は、見世の裏口の塀沿いに設けられた蔵の前に立ち、荷の出入りに目を光らせていた。

「朝晩の膳も別ですから、近寄る隙がありません。座敷が別なんです。話しかけても返事をしない有様でして」

「徹底しているな」

正体を知られたくないための策であるのは、おそらく間違いあるまい。古株は黒幕の配下という可能性が非常に高かった。

「岸田龍右衛門についてはどうだ。なにか言うていなかったか」

桶を持って奥に移動する。勘定場として使われている座敷前の廊下は、すでに拭き終えていた。

「どこかの大名家の用人というのは聞きました。訪れたとき、相手をするのは主に御内儀の比佐子と、大番頭の百次郎であるとか」

意味ありげな含みを、すぐに読み取る。

「色恋がらみの話が出ているか」

「はい。御内儀はあのとおりの別嬪ですから。主もなよやかな伊達男、似合いの鴛鴦夫婦に見えますが」

かつてはそうだったのかもしれないが、今は傍目に見ても、ぎこちなさが見て取れるほどになっていた。

「今朝はまだ姿を見ていないな」

「昨夜、遅くに出かけたとか。それを聞きまして、よけいに怪しく思った次第です」

不仲の原因は、御内儀の浮気だろうか。侍に言い寄られて、変心したのか。しかし、と隼之助は思った。

――楽しんでいるようには見えぬ。

比佐子が右手に触れたときの、沈みこむような闇がまたもや甦っていた。隼之助が鬼役であることを、主や御内儀が知っていたとすれば、挨拶のようなあれも意味合いが違ってくるのではないか。

〝宜しくお願いします〟

と比佐子は言ったが、誘うような雰囲気ではなかった。むしろ、そう、助けを求めるような……。

「壱太」

名を呼ばれて、座敷に目を向ける。髪結いを終えたところなのか、肩に手拭いを掛けたままの主の嘉助が手招きしていた。

「ちょいと、おいでなさい」

「では、旦那様。てまえはこれで失礼いたします」

嘉助の横を、髪結い道具を持った男が通り過ぎる。隼之助たちにも一礼して、裏口の方に向かった。本当に髪結いなのかどうか、配下が尾行けて確かめるだろう。隼之助は持っていた雑巾を、勇雄に渡して、手早く身支度を整えた。

「おはようございます」

挨拶しながら、嘉助の座敷に入る。

「おはよう」

主は答えて、笑みを浮かべた。

「おや、壱太。やけにさっぱりした顔をしておいでだね」

「湯屋に行って参りました」

偽りを返した。爽やかな顔は〈船津屋〉のもてなしによるものだったが、わざわざ話す内容ではない。なにげなく見まわしたとき、隼之助は、座敷の片隅に炉が切られていることに気づいた。

「こちらでも茶の湯を楽しまれるのですか」

「朝茶はここで喫むんですよ。一服、壱太に馳走しようと思いましてね。昨夜は大変だったようですから」

優雅な仕草で立ちあがり、炉の前に座る。上等な絽の着物を着た姿は、大店の主に相応しい品と格をそなえていた。昨日の泥酔男とは、まるで別人だった。藍色の着物がいかにも涼しげに見える。

「頂戴いたします」

炉の近くに座して、畏まる。大仰な茶道具ではないが、主の華奢な手にしっくりと道具が馴染んでいた。全体的に丸みを帯びた茶碗と茶入は、特別に作らせた品かもしれない。両掌で抱えた様子が、さまになっていた。

「闘茶といきますか」

　笑みが、悪戯っぽいそれに変わっている。

「壱太に当ててもらいましょう」

「無理でございます。てまえにはとても務まりません」

「試してみるだけですよ。実は一箱、ある産地の茶を夏切しましてね。明日のことなど、わからないご時世。口切まで待つのは辛抱できませんから」

　夏切は文字どおり、その冬に開けるはずの茶を開けてしまうことだ。新茶は涼しい場所で夏越えをして、冬に初めて味わうのをよしとしている。

「それを、てまえに」

　隼之助は困惑した。粋と意気を身上とする数寄者にとっては、口切に新茶を楽しむことこそが、至上の喜びのひとつであるはず。敢えて夏切という不粋な真似をしたその理由はなんなのか。

「はい。大番頭さんによると、壱太は若い割には、巧みかもしれないとのことでした。それに昨日、世話をかけてしまいましたからね。よく憶えていないのですが、背負って座敷に運んでくれた由。せめてもの詫びですよ。壱太にはこの茶が合うのではないかと思いましてね。選びました」

「奉公人として、あたりまえのことをしただけです。お気遣いはご無用です」

口ではそう言いながらも興味を引かれていた。隼之助のために選んだ茶とは、どの産地の茶だろうか。

「当たるも八卦、当たらぬも八卦。とまあ、八卦は易ですが、うまく当たれば夏から縁起がいいとなります。褒賞金の類はありませんがね」

おもむろに嘉助は、茶入を開けた。

ふわりと香気が立ちのぼる。

四

「あ」

隼之助は、つい声をあげていた。鼻から吸いこんだ茶の香気が、舌にじんわりと広がる。甘さを含む爽やかな味をとらえると同時に、ある風景を思い浮かべていた。

斜めに設置された特殊な造りの茶釜は、唐から伝わった南京釜。山深く水清く、霧もまた深い山間の土地は、南向きで茶の栽培に適している。そこに目をつけたのが、唐から渡って来た人々。土地の者に茶の栽培法を教えて、南京釜を伝えた……。

「どうかしましたか」

嘉助の怪訝な声で我に返った。

「いえ、なんでもありません。良い薫りだと思いまして」

ある産地の名が、繰り返し、ひびいている。喫むまでもなかったが、より確かなものにしたい。嘉助の点前をじっと見つめていた。

「どうぞ」

すっと置かれた茶碗を、作法に従い、受け取る。

「頂戴いたします」

ひと口、喫んだとたん、舌にまず深い甘みを感じていた。が、それはほんの一瞬の味わい。次にとらえたのは、疲れを癒すほどのまろやかさ。蕩けるような茶の薫りが、舌から喉、胃ノ腑へと流れこんでいく。

思わず深呼吸していた。

いつもと同じ空気が、舌や喉に残る茶の味わいによって、穢れを祓うものに変わっている。清められるような感じを覚えていた。

加えて、複雑な嘉助の気持ちもとらえている。御内儀の比佐子が浮かんだのは、鴛鴦夫婦の愛ゆえだろう。それと同時に、深い哀しみも味わっていた。

〝胸が痛い、張り裂けそうだ。なぜ、なのか、なぜ？〟

嫉妬となない交ぜになった激しい感情。

——『愛』と『哀』だ。

流れこんできたのは、二つの『あい』。さらにもうひとつ、気づきの茶とでも表現すればいいだろうか。なんとかして産地を察してほしい、真実に気づいてほしいという、主のひたむきな想いもこめられていた。

——なれど、視えた領地の藩主は、おれが思うていた黒幕ではない。

意外でもあった。『鬼の舌』を信じるのであれば、此度の黒幕は薩摩藩ではないことになる。

「けっこうなお点前でございました」

飲み干した茶碗の縁を、隼之助は懐紙で拭い、置いた。全身にあらたな気が湧きあがってくる。まさに邪気を祓う高貴な茶だった。

「どうですか」

嘉助が訊いた。御内儀への『愛』と『哀』は、見事に押し隠している。答えが知りたくて、たまらないという様子だった。隼之助は裏口へ続く廊下に、人の気配があるのを察している。答えを待っているのは、主だけではないようだ。

「とても良いお茶であるとは思いますが、産地まではわかりません」

産地の風景や茶の銘柄が、鮮明に浮かんでいる。しかし、今、それを言うつもりはなかった。

「わからない」

嘉助は、あきらかに落胆していた。

「そう、ですか」

諦めきれなかったのか、

「もう一服、馳走いたしましょう。一度ではむずかしいですからね。二度目であれば、産地がわかるかもしれません」

ふたたび茶を点て始める。裏口に近い廊下に在った気配は、すでに消えていた。先刻の髪結いだろうか。あるいは古株の奉公人か。闘茶の様子を窺っていたのは、おそらく間違いないだろう。

——鬼役かどうかを、確かめるための朝茶か。

隼之助はそう判断していた。主夫婦はもちろんだが、他にも真実を知りたい者がいる。〈山菱屋〉に天下商人の号を下賜されては困るだれか。そのため、見極め役が廊下に控えていたのではないか。

やはり、主夫婦は助けを求めているのではないだろうか？

隼之助は懐の短剣を握りしめている。柄に木藤家の裏紋の青龍が刻みこまれた短剣。奉行所の役人や、大店の主にとっては、手札代わりの役目もはたす品だった。とはいえ、鬼役に仕掛けられた罠ということも考えられる。

──慎重のうえにも慎重に、か。

逸る気持ちを抑えた。

「少し濃い目に点てました」

二度目の点前が、濃茶仕立てなったところにも、嘉助の心が表れている。とにかく気づいてほしい、産地や藩主を知ってほしいと、二服目にもこめていた。

「頂戴いたします」

一度目と同じように茶碗を取る。嘉助の食い入るような眼差しが痛かった。ちくちくと顔の皮膚が痛みを帯びている。常人とは比べものにならない感覚が、嘉助の気持ちを伝えていた。

〝鬼役だと言ってください〟

そのとおりと答えられれば、どれほど楽になることか。喉まで出かかったが、こらえた。廊下にあらたな気配を感じていた。しのびやかな足音が聞こえている。油断できない。茶碗を置いて、告げた。

「けっこうなお点前でございました」

「駄目ですか」

嘉助は、一縷の望みを懸けている。

「嬉野茶に似ているような……」

「旦那様」

足音が座敷の前で止まる。

「なんですか」

「御役人が参りました」

顔を覗かせたのは、古株の男だった。大番頭の百次郎が刺された件だろう。役人が来ることになっている。

「わかりました。すぐに参ります」

「お願いいたします」

古株が立ち去るのを待って、隼之助は申し出た。

「わたしも同席して宜しいですか。大番頭さんが襲われたとき、はじめに駆けつけたのは、わたしですので」

「おいで」

拍子抜けするほど簡単に承諾した。茶道具の片付けを手伝って、主のあとに続いた。嬉野茶と答えたあれを、どう思っているだろうか。産地は伝えられたはずだが、鬼役であることまでは知らせていない。

――あとは流れで動くしかないな。

出たとこ勝負は、鬼役の十八番か。なかば開き直っていた。

見世の帳場には軽い緊張感が漂っている。上がり框に座って、与力が茶を喫んでいた。年は四十前後、色が黒く、分厚い唇をしていた。あまり品がいいとは言えない顔立ちをしている。欲のなさそうな嘉助とは対照的だった。

上等な煎茶の薫りが、あふれるように押し寄せてくる。

――宇治の御用茶か。

舌の肥えた与力には、本物を味わわせてやるしかない。そう思うがゆえの接待茶だろう。隼之助は正座しようとしていた大番頭に手を貸した。

「すみませんね」

「いえ」

返事をして、うつむいた。与力がじろじろと無遠慮な視線を向けている。それを遮るように、嘉助が短い挨拶を告げた。

のかもしれない。

「御内儀は？」

与力は亀のように首を伸ばしている。美人の御内儀に会うのが、楽しみのひとつな

「あいにく出かけておりまして」

嘉助の答えに、先刻の嘉助同様、あからさまな落胆を見せる。

「そうか。いや、残念じゃ」

「くれぐれもよしなにと言っておりました」

主は如才なく応じた。

「さようか」

「昨夜のことでございますが、百次郎によりますと、厠を出たところで刺されたとか。暗くて、相手の顔は見ていないとのことでございます」

すでに同心の調べを受けている。形だけのものだと思っていたが、与力の無遠慮な視線は、隼之助に向けられたままだった。隠そうとしたに違いない。嘉助がさりげなく身体をずらしたが、

「そのほう」

だみ声の問いかけが発せられた。

「手下によれば、名は壱太と申す由。百次郎が倒れているのを、見つけたのだったな」

「さようでございます」

「怪しい人影などは、見ておらぬか」

与力もまた身体をずらして、隼之助の顔を覗きこむようにしている。見世の奉公人たちは、無言で見守っていた。

「お話しいたしましたとおり、だれも見ておりません」

「おかしいのう」

与力は、つるりと顎を撫でた。

「いや、裏店の住人たちがな、戸の隙間や格子窓から覗いていたらしいのじゃ。闇夜であったゆえ、顔までは見えなんだようだがの。黒い人影が動いているのは目にした由。呻き声を聞いたという者もおる」

疑惑に満ちた目を投げる。

「それでも、なにも見なかったと申すか」

「てまえは見ておりません」

隣に座していた大番頭が言った。

「見ましたのは、助けてくれた壱太と他の奉公人でございます。怪しい人影というのは、彼の者たちではないかと存じます」

必死に庇っていた。とはいえ気絶していたのが芝居でないとすれば、百次郎の言葉は偽りではあるまい。

「そのほうは、気を失うていたようではないか」

与力に切り返されてしまい、もごもごと口ごもる。

「そうでございますが」

「ちと番屋まで来てもらおうか」

立ちあがった与力を、慌て気味に嘉助が止めた。

「お待ちください。壱太は昨日、奉公したばかりでございます。大番頭さんの騒ぎには、なんの関わりもないと存じます」

「てまえも旦那様と同じ考えでございます」

百次郎も口添えしたが、与力は右から左へ聞き流した。

「来い」

有無を言わせぬ語調だった。もとより相手は町奉行所の与力、逆らえるはずもない。

隼之助は素直に草履を履いた。

「参ります」

いざとなれば、青龍の短刀がある。ここで示すわけにはいかないが、番屋まで行けばこの騒ぎは片付くはずだ。

「壱太」

不安げな嘉助と大番頭に、「大丈夫です」と頷き返した。隼之助は与力の後ろに従い、その後ろに二人の同心が付く格好になる。

五

見世を出たところで、隼之助は、心強い味方を目の端にとらえた。

──伊三郎殿。

今日は香坂伊三郎が、護衛役を務めてくれるのだろう。雪也と将右衛門には悪いが、このうえなく頼もしい護衛役だった。血の雨が降らないことを祈るしかない。

てっきり大番屋に行くと思ったものを、与力は違う方角に向かった。近い番屋にしたのだろうか。まるで罪人を引き立てるようなやり方だったが、ある意味、いかにも役人らしい態度と言えなくもなかった。江戸橋を渡って、楓川(もみじがわ)に架かる海賊橋を渡る。

坂本町一丁目の番屋に連れて行かれた。

「入れ」

与力が戸を開けると、後ろから同心に小突かれた。伊三郎はぴたりと張りついている。暇な野次馬にまぎれていたが、少し殺気立っているように思えた。

「そこで待て」

土間を示されて、神妙に畏まる。無意味に与力と同心を刺激したくない。できるだけ目を合わせないようにしていた。二人の同心は見張り役として、戸の外に立っている。蒸し暑いにもかかわらず、与力は戸を閉めた。

「すぐに参る」

奥に消えた後、少し間が空いた。ほどなく別の足音が近づいて来る。与力とはあきらかに足の運びが違っていた。

「顔をあげろ、壱太」

憶えのある声に、はっとした。

「…………」

名を言いそうになったが、かろうじて呑(の)みこむ。

闇師の頭(かしら)、金吾(きんご)がにやにやしながら見おろしていた。以前、会ったときは五十前後に思えたが、今は四十なかばに見えた。会う度に若返るように感じている。つかみどころのない雲のような男、それが隼之助の印象だった。いったい、本当の年はいくつなのだろうか。いまだによくわからない。

「ひさしぶりだな。いや、この間、会ったばかりだったか」

金吾は、板の間の小上がりに腰かけて、悠然としている。手下らしき二人が、仮牢の手前に控えていた。

「それがしはご免つかまつる」

与力が会釈して、横を通り過ぎる。身体がひとまわり、小さくなったように感じられた。金吾を前にして萎縮（いしゅく）している。たんまり礼金をもらったのは間違いあるまい。町奉行所の番屋を会談場所に使うところにも、金吾の力が見え隠れしている。

「さて、邪魔者は消えた」

薄ら笑いは消えていない。

「おまえさんの正体を知ったら、連中、真っ青になるだろうぜ。特にあの与力は気が小せえからな。悶死（もんし）しかねない」

愉（たの）しげだった。

「用件は？」

隼之助は短く訊いた。忘れもしない、一番最初に潜入した塩問屋〈山科屋〉の隠居が、この金吾だった。いいようにあしらわれたという悔しさしか残っていない。顔を見るのもいやな相手だったが、会見の場を持ったのはなぜなのか。

思惑を探るべく集中する。

「まずは無事、代替わりが済んでなにより。若き鬼役様に、ご挨拶しなければならねえと思ってな。鱚千枚が下賜されたとなれば、次は鯉の焼き物だ。ようやく親父様も墓の下で休めるってわけさ」

闇師の情報網の確かさを披露していた。下手をすると、鬼役よりも諸々の事柄に通じているのではないだろうか。腹立たしい限りだった。

「それで？」

ふたたび促した。前振りが長いのは、よほどの話があるからか。さして期待はしていないが、気にならないといえば嘘になる。

「新しい鬼役様に、祝いをやろうと思ってな」

金吾は、思わせぶりな態度をくずさない。この男が運んでくるのは、血の臭いを含んだ厄災と相場が決まっている。どうやって真実を引き出すか、考えつく前に、外が騒がしくなっていた。

「なんだ？」

頭の呟きで手下のひとりが戸を開けた。

「この侍が中に入れろと。香坂伊三郎と名乗っておりますが」

外にいた同心の答えに、金吾が応える。

「断ったとたん、身体が真っ二つだ。入れてやれ」

許しを得て、伊三郎が入って来た。無言で隼之助の左斜め後ろに控える。おかしな仕草を見せれば、一瞬のうちに斬り捨てるだろう。殺気をとらえたのかもしれない。

手下がじりっとさがった。

「そう熱くなるな」

金吾は平然としている。

「『はやちの伊三郎』は、血を招ぶ剣鬼。鬼役様と二人合わせて、『二人の疾風』と呼ばれているとか。ま、これ以上の用心棒はいるまいさ。さてと」

視線を隼之助に戻した。

「祝いは、いらねえか」

口調は軽いが、目は真剣だった。当惑を覚えずにいられない。どんな祝いを贈るというのか。見返りを期待しているのは間違いないが、金吾の真意をはかりかねていた。

当惑を感じ取ったのか、

「おまえさんが一番、大事に想っているものよ」

金吾が告げた。その言葉は、大きな衝撃をもたらした。一番、大事に想っているもの。隼之助の場合、それはひとつしかない。

水嶋波留。

——まさか。

波留の行方を知っているのだろうか。あるいは波留を拐かしたのは、この男なのだろうか。それとも闇師の情報網を使い、居所をつかんでいるというのか。憶測が疑惑を呼び、疑惑が恐怖まじりの混乱を運んでくる。

「鬼役の宝、いや、お頭様の宝と言えばわかるか」

さらに言った。金吾も心得ていた。あとで言いのがれられるよう、波留の名は絶対、口にしない。曖昧な表現にとどめていた。

「…………」

隼之助は、問いかけることも、確かめることもできなかった。弱みにつけこむのが、闇師の常套手段。波留の名を出せば、間違いなくそこを衝いてくる。

「鬼役の宝は、常におれと在る」

隼之助は、ちらりと背後の伊三郎を指した。

「あんたも言ったとおり、向かうところ敵なしの用心棒だ。伊三郎殿や仲間が、おれにとっては宝。他には、ない」

ない。の部分に、ひときわ力をこめた。金吾の唇がゆがむ。

「生死のほどはわからねえがな。居場所は突き止めた。流石（さすが）のおれも苦労したぜ。前（さき）の鬼役様はとんでもねえことを考えるものだ、とな、思った次第よ」

「な……」

なんだと!?

危うく挑発にのりそうになった。波留を拐かしたのは、多聞だとでも言うのだろうか。そのうえで、どこかに隠した。混乱と血の雨を運んだのは前の鬼役なのか。あふれ出しそうになった問いかけを、かろうじて抑えこむ。動揺を誘って、本音を引き出すのもまた連中のやり方だ。

しかし、呑みこんだ疑問は、そのまま己に返ってくる。ほとんど同時に、父が発した最期の言葉が浮かんでいた。

〝すまぬ〟

と言ったあれは、波留のことを謝っていたのではないか。どこかに持っていた父への疑惑が、金吾によって荒々しく引きずり出されていた。もっとも酷い裏切り行為、金吾の言葉が真実だったとしたら……。

心が揺れた。

ひと言、問いかけたかった。

〝波留殿は何処にいる〟と。

後々のことを考えれば、決して応じてはならない話だった。波留の行方を訊ねたが最後、闇師がどこまでも鬼役につきまとうは必至。持ちつ持たれつかもしれないが、不利益をこうむる可能性が高いのは鬼役側だ。

なれど、と、逡巡している。

——波留殿の行方を知りたい。

それは渇望だった。

惚れた女子を想うがゆえの強い願いだった。

危険な誘惑に負けそうになったとき、

「今ならまだ間に合うかもしれないぜ」

金吾が薄く笑った。

「放っておくと、あのお庭番の女のように……」

音もなく伊三郎が動き、隼之助も動いた。振り降ろされた一撃を、左手で制している。狙いはむろん金吾だったが、すでに後ろへ移動していた。逃げ足の速さは知っていたが、年に似合わぬ体技を見るのは初めてのこと。

「もしや」

隼之助は言った。

「ハグレか？」

闇師の正体を悟っていた。話をつかむ早さや、神出鬼没であるのも当然といえる。小判をちらつかせて、かつての仲間を誘い、闇師という得体の知れない集団を作りあげた。多聞が『ハグレ狩り』をしたのは、闇師そのものを潰すためだったのではないか。

「さあて、なんのことやら」

金吾はとぼけた。もとより素直に話すとは思っていない。

「話はそれだけか」

立ちあがって、決別する。

「二度とわれらに近づくな」

「鬼役様よ。なにか用があるときは、ここに使いをよこせ。連絡役が常にいる。一刻

（二時間）と経たぬうちに、鬼役様のお屋敷に馳せ参じるからな。気が変わったら、いつでも来い」

追いかけて来た声を無視して、伊三郎と一緒に番屋を出る。剣鬼と呼ばれた男は、ひと言も発しなかった。代わりに……隼之助の肩を軽く叩いた。

――波留殿。

この命ある限り、探し続けよう。

あらためて誓っていた。

第五章　直心の交わり

一

　あれでよかったのだろうか。

　隼之助は、憂悶の中にいた。金吾の申し出を受けていれば、今頃、波留と再会できていたのではないか。無事を喜び合い、祝いの膳を囲めていたのではないか。

　ともすれば、あの番屋に駆けつけようとする己がいた。

　いや、受けなくてよかったのだ。教える代わりにと条件をつけられたのはあきらか。仲間を離脱した『ハグレ』と手を組んで、うまくいくわけがない。

　——なれど。

　と堂々巡りの時を過ごしていた。

翌日の夕刻。

少し早めに〈山菱屋〉をさがらせてもらい、隼之助は、いったん小石川の屋敷に戻っていた。潜入捜査のかたわら、六月一日の大茶湯の支度を整えなければならない。準備に使える時は、あまりにも少なかった。

「汁の用意はできていますか。そろそろ隼之助様がお戻りですよ。お好きな独活の酢味噌和えも……ああ、大丈夫ですね。よいお味です」

花江は味見をしながら、竈の鍋を覗きこむ。襷掛けに姐さん被り、前掛けという姿で、いつものように忙しく立ち働いていた。手足となって動くお庭番の女たちが、むしろ邪魔な様子に見える。

「お鍋はわたくしが」

ひとりが申し出ても耳を貸さない。

「そなたは糠漬けをお願いしますよ。隼之助様は漬け物がないと、機嫌が悪うなりますからね」

軽々と鍋を抱えていた。以前は『隼之助殿』だった呼び方が、父亡き後、いつの間にか『様』に変わっている。花江なりの気遣いなのだろう。木藤家の当主となった若き鬼役を、心身ともに支えてくれようとしていた。

——やはり、な。

隼之助は、脳裏にあの〝絵〟が浮かぶかどうか、今一度、確かめていた。板の間に続く手前の廊下に立ち、台所で働く花江を凝視めている。ごく自然に浮かぶ幸せな場面。希望にあふれる〝絵〟に集中していた。

視線を感じたのか、

「隼之助様」

こちらを見た花江が声をあげた。

「お声をかけてくだされぱよいものを、お人が悪いこと。いつから、そこにおいでだったのですか」

頰が桜色に染まって、眩しいほどに輝いている。姐さん被りの手拭いを取り、隼之助の方に来た。

「たった今、〈山菱屋〉から戻ったところです。義母上の生気あふれるお姿に、つい見惚れておりました」

「見惚れていたのは、わたしではのうて、若い女衆たちでしょう」

からかうような言葉を軽く受ける。

「そうかもしれません。お庭番の女衆は、美人揃いですから」

「世辞も上手くなりましたね。喉が渇いたのではありませんか。まずはお茶を差しあげましょう」

「わたくしが」

横から女衆のひとりが盆を奪い取る。この屋敷の下男や下女は、すべてお庭番が務めていた。暗殺の危険を考えてのことであるのは言うまでもない。植木の剪定から屋敷の修理にいたるまで、お庭番が担っている。

「そうですか」

花江は、いささか不満げな様子で、板の間の上がり框に腰かけた。茶を淹れる役目を取られてしまったのが、本当に残念そうだった。

「義母上は少しお休みください。そのために女衆がいるのですから」

隼之助も隣に座る。

「どうしたのでしょうか。みなうるさいほどに、手伝いを申し出るのです。大丈夫だからと言うても、そばに張りついて離れません」

花江が小声で告げた。

――まだ気づいておられぬのか？

おおらかな気質ゆえ、ありうることだった。そう思ったからこそ、女衆を多めに配したのである。

「慌ただしい日が続いております。特に大茶湯が終わるまでは、木藤家に休みはありません。義母上になにかあれば、屋敷が立ちゆかなくなるは必至。合間に休んでいただきたく思い、女衆を増やした次第です」

「お心遣いはありがたいですが、人数が多すぎるのではないかと存じます。隼之助様の御役目や、波留様の行方を探すのに、さわりが出るのではないかと」

波留の名を口にするとき、いっそう声が小さくなった。下手な慰めは傷を深くするだけと互いにわかっている。それでも言わずにいられなかったのだろう、

「いったい、何処におられるのでしょうか」

重い吐息をついた。

「富子様が関わっていたのだとすれば、とうに解き放たれているはず。もしかすると、拐かしたのは富子様ではないのかも……」

はっとしたように言葉を切る。

「すみません。よけいなことを申しました」

見つからないのは、すでにこの世にいないからではないのか。話を続ければ、そういう流れになると思ったに違いない。うつむいて、瞼を伏せた。

「義母上は、波留殿がどこにいるとお思いになりますか」

試しに訊いてみる。と同時に希望を失っていないのだとも告げていた。必ず見つけてみせる、この手に取り戻してみせる。

気持ちはしっかり伝わっていた。

「そうですねえ」

小首を傾げた花江の顔には、明るさが戻っている。

「女子を隠すには女衆の中。というのは、いかがでしょうか。お庭番の女衆の中に隠すのが、一番、安心していられるように思います」

「それが事実でございますれば、とうにお知らせいたしております」

茶を運んで来た娘が神妙に答えた。みな案じている。真剣に波留の行方を探していたが、自信たっぷりな金吾の顔が頭から離れない。

「義母上のご助言、胸に刻んでおきます」

金吾の話を告げたかったが、ここは人目がありすぎる。女衆の口からお庭番全員に伝わるのは間違いないだろう。それは避けたかった。

「じきに才蔵が来ると思いますので」

茶をひと口、飲んで、立ちあがる。廊下に、雪也と将右衛門が姿を見せた。花江との会話が聞こえたのかもしれない。

「隼之助」

「戻ったか」

二人の声が重なった。弥一郎兄弟と波留を探す役目を頼んでいたが、さらに大茶湯の準備にも力添えしてもらうことになっている。雪也はともかくも、茶の湯の心得がない将右衛門を特訓しなければならなかった。

「将右衛門。渡しておいた書には目をとおしたか」

隼之助は、盟友たちとともに奥の座敷に足を向ける。とたんに将右衛門は、うんざりした顔になった。

「読み始めるとすぐ眠ってしまうわい。あれは寝付きが悪いときに読むのが、向いている本じゃ」

「寝付きが悪いときなど、おぬしにはあるまい」

雪也の揶揄（やゆ）を、隼之助が継いだ。

「さよう。横になったとたん、高鼾（たかいびき）だ。将右衛門の場合は、眠れなくなる薬が要る。見張り番が務まらぬゆえ」

「うむ。立ったまま眠れるからの。我ながら器用だと思うた次第よ」

「それは器用とは言わぬ。図々しいだけよ」

隼之助の答えで、どっと沸いた。早くも酒を飲み始めていたらしい。障子を開け放したままの奥座敷の箱膳には、銚子や肴が載っている。ちらりと冷ややかな目を投げた。

「これでは眠くなるのも道理だな」

「すまぬ」

頭を掻きながら、将右衛門は座った。雪也も腰を降ろしたが、廊下にじっと目を向けている。

「気配をさせぬ男ゆえ、知らぬ間に現れるのではないかと思うたが……伊三郎殿は一緒ではないのか」

「途中で別れた。三郷の仇があとひとり、残っている。居所を探しているのだろう。おれの護衛役は、しなくてもいいと言うたのだが」

「野太刀示現流の遣い手か。伊三郎殿の、もと仲間だったな」

「そうだ。薩摩藩を脱藩した形を取っているが、かような話は信じられぬ。あらたな遣い手を加えて、意趣返しを企んでいるやもしれぬ」

「相手にとっては、伊三郎殿を含む鬼役こそが仇。きりがない」

酒を注ごうとした雪也に、「要らぬ」と隼之助は首を振る。

「鬼役の披露目も兼ねた大御所様の大茶湯だ。万が一、不始末があれば、首が飛びかねぬ。おれひとりで済めばよいが、そうはいかぬやもしれぬ。ゆえに」

「わかった」

将右衛門が片手をあげて制した。手に取った杯を、箱膳に伏せて、置いた。

「おれも大茶湯が終わるまで酒は飲まぬ。なに、女子を断つのは無理だが、酒は大丈夫ゆえ、案ずることはない」

「自慢なのか、恥さらしなのか、わからぬな」

またもや遠慮のない言葉が出た。気のおけない仲間なればこそだが、盟友たちも慣れたもの。将右衛門はけろりとしていた。

「善哉（よきかな）、善哉。お頭（かしら）様の悪態は、今日も健在じゃ。それでこそ、隼之助よ。天（あま）の邪鬼（じゃく）な気質を表さぬ澄んだ眼差しにほっとするわい」

負けじと皮肉を返した。やり返すよりも効果があるのは、そう、茶の湯の稽古（けいこ）であろう。隼之助は片隅に積みあげられた書を取った。

「では、始めるか」

「仕方ない」

将右衛門は渋々、座り直した。雪也は隣で笑っている。伊達男は侍の嗜みとして、茶の湯や華道、香道にそこそこ通じていた。杯を傾けながらの聞き役になっている。

二

「まずは口切だ。意味は知ってのとおり、冬、つまり今年の冬のことだが、冬にその春、作った新茶を詰めた茶壺の口を切るのが、口切。さて、では、どうやって新茶を茶壺に収めるのか」

隼之助の問いかけに、将右衛門は慌てて書の丁を繰る。

「待てまて、どこかに載っていたぞ」

「遅い。今頃、書を繰ってなんとする。濃茶に使う良質の茶葉、これは碾茶だが、これを入れた紙の袋を茶壺の真ん中に置いてだ。まわりを薄茶用の碾茶で囲んで詰める。そのうえで壺の口に蓋をして目張りをするのよ。この茶壺を涼しいところで過ごさせて、涼気が満ちる頃になって封を切る」

「なるほど。それが口切か、と、待て。薄茶用の碾茶と言うたな」

「少しは憶えているではないか」

「ええい、雪也。横から口をはさむでない。なにを訊こうとしたのか、忘れてしまうではないか」

遮って、将右衛門は目をあげた。

「つまりだ。碾茶には、濃茶用と薄茶用があるのか」

「いかにも。おぬしのことだ。単に茶を多く入れて点てるのが、濃茶だとでも思うていたのやもしれぬが」

隼之助が話を向けると、

「うむ」

将右衛門は、唇をへの字にして頷いた。

「量を多くして点てるのは、確かに濃茶だがな。碾茶には濃茶用、薄茶用がある。茶碗もそうだ。濃茶に合う茶碗と、薄茶に合う茶碗がある」

「待て。この茶碗は、濃茶用、あの茶碗は薄茶用と決まっておるのか」

書に視線を落とした大男に、すかさず言った。

「かような事柄が書に記されているわけではない」

つまりは、と、続ける。

「数寄者同士の趣味と言えるやもしれぬ。まあ、ひと言では片付けられぬがな。要は阿吽の呼吸よ。この茶碗には濃茶がしっくりくる。こちらの茶碗は絶対に薄茶の方がよい。というような目に見えぬ約束事があるのだ」

「むぅぅ」

将右衛門は呻いた。額には、早くも冷や汗が滲んでいる。これほど苦悩する大男を見るのは初めてだった。

「最低限の事柄を頭に入れておかねば、護衛役は務まらぬぞ。当日、西の丸の御庭には、大名家や旗本の茶席がしつらえられるゆえ、護衛役も手伝わねばならぬ。酒をくらって、お庭番の女衆を盗み見ているわけには……」

「お頭」

廊下で良助の声がひびいた。将右衛門はほっとしたような顔になる。お小言が中断した隙に、ふたたび書の丁を繰り始めていた。

「入れ」

「失礼いたします」

良助もまた分厚い覚書らしき文書を携えている。多忙な才蔵の補佐役として、大茶湯の準備を命じていた。隼之助が渡しておいた書物を短い間に熟読し、将右衛門よりは知識をつけている。

「檜(ひのき)がようやく届きました。なんとか間に合いそうです」

文書を開いて、良助は報告した。

「そうか。ぎりぎりだな」

「檜なぞ、なにに使うのじゃ」

将右衛門が割りこんでくる。

「白木で作るものと言えば、決まっているではないか。料理を出すときに用いる三方(さんぼう)よ」

隼之助の答えに、怪訝(けげん)そうな眼差しを返した。

「はて、三方は塗りのものを使うのではないのか。格が上であろう」

「勘違いしているな。三方は、木具(きぐ)の方が格上よ。塗りの道具は格下になる。使い終わったら壊すのが世の習い。ゆえに大量の檜が必要となる、というわけだ」

答えて、良助に視線を戻した。

「忙しいのに、すまぬがな。茶碗に雨漏(あまもり)と呼ばれる唐の茶碗がある。中でも『蓑虫(みのむし)』は名物の部類に入る茶碗だ。この『蓑虫』は、今、だれのもとにあるのか。早急に調べてくれぬか」

「唐茶碗の『蓑虫』ですね」

懐から矢立てを取り出して紙片に記した。〈山菱屋〉で開かれた内々の茶会に用いられた唐の茶碗。大番頭の百次郎は、『蓑虫』を見せる前に、白もんと呼ばれる白薩摩の花瓶も隼之助に見せている。薩摩藩が黒幕だと示したように思えるのだが、今ひとつ確信が持てなかった。

「もうひとつ。連絡がうまくついていれば、あとで梶野殿がおいでになるやもしれぬ。くれぐれも粗相のないようにお出迎えしてくれ。言うまでもないことだろうが、喧嘩はご法度。よいな」

「は」

良助が障子を閉める。それを待っていたように、雪也が口を開いた。

「大茶湯の折には、鬼役も茶席をもうけるのか」

「そうなるだろうな。大御所様より、仰せつかっているゆえ」

「趣向は？」

「考えている。準備をおぬしに頼みたいと思うていたところよ。鬼役の茶席として、おい、将右衛門。どこに行く」

そろそろと立ちあがった大男に呼びかけた。

「ちと用足しじゃ」

「逃げるなよ」

「人聞きの悪いことを言うでない。風にあたってくるだけよ。わしも侍じゃ。いざとなれば、死ぬ気で憶えるわい」

真顔で答えたのが、妙に可笑(おか)しかった。隼之助と雪也は、思わず顔を見合わせている。どちらからともなく笑いが洩(も)れた。

「将右衛門らしいな」

「それで」

雪也も真面目(まじめ)な顔になる。

「〈山菱屋〉の方は、どうなっているのだ」

「二つの藩が、黒幕ではないかと思うておる」

「なに？」

「ひとつは、薩摩藩。もうひとつは、嬉野茶(うれしのちゃ)を産する藩よ」

隼之助は調べの内容を簡潔に告げた。大番頭の百次郎が示したのは白もんの花瓶と雨漏とも呼ばれる唐の茶碗『蓑虫』。茶碗の持ち主は定かではないが、花瓶はおそらく薩摩のものに間違いない。

「なるほど。ゆえに『蓑虫』の持ち主を調べるよう命じたのか。薩摩藩主の持ち物であれば、いっそう関わりがはっきりするな」

「うむ。なれど、主の嘉助は、敢えて夏切をしたうえで、おれに嬉野茶を振る舞った。おぬしも知ってのとおり、嬉野茶の産地は薩摩ではない」

あの折、隼之助は茶の産地とともに、嘉助の苦しい心をとらえていた。

愛と哀。

二つの『あい』が示すのは、御内儀――比佐子への想いではないのか。波留への想いと重なって、胸が苦しくなってくる。

が、それは表には出さなかった。

「市井の数寄者と言われる嘉助が、不粋な夏切をしてまで振る舞った茶か。確かに夏切までしたのは、いささか解せぬな」

雪也は呑み込みが早かった。将右衛門が同席している場合、こうはいかない。小さく頷いて、隼之助は続ける。

「嘉助も大番頭も、それぞれ真実を伝えようとしているのやもしれぬ。もしかすると、黒幕は〈蒼井屋〉の真似をしているのやもしれぬな」

「見世の乗っ取りか」

「うむ。古株の奉公人とは、ろくに話もできぬ。主夫婦と大番頭の三人だけ、孤立しているように見えるのだ。奉公して日の浅い奉公人は、なにも知らないようだがな」

「そういえば、大番頭は襲われたんだったな」

雪也もぴんときたのだろう、

「ゆえに刺されたと？」

声をひそめて訊いた。

「わからぬが、脅しの意味はあったやもしれぬ。主の嘉助は黒幕について、わかっているようで、わかっていないのでは、いや、あるいは大番頭と相談のうえで、嬉野茶の藩を示しているということも考えられるな。いずれにしても女房の比佐子とは、うまくいっていない様子。頭は女房のことでいっぱいなのやもしれぬ」

「確か……侍が出入りしていたのではなかったか」

雪也は遠い目をして記憶を探っている。ここに届けられる隼之助の調書に、ちゃんと目を通しているようだった。

「ひとり、出入りしている。名は岸田龍右衛門、年は四十前後。どこかの大名家の御用人という話だ」

「なるほど。そのどこかの大名家を、大番頭は白薩摩で、主は嬉野茶を振る舞って示した、というわけか」

「あるいは」

隼之助は独り言のように呟いた。

「さいぜんも言うたが、二つの藩が関わっているのやもしれぬ。なぜなら嬉野茶の産地は薩摩ではないからな」

どういう関わり方なのか、今はまだはっきり見えてこない。が、主と大番頭は、それぞれ真実を告げている可能性もあった。

「今少し調べが要るであろうな。それはそうと」

雪也がぼそっと言った。

「弥一郎殿と慶次郎殿は、何処にいるのか。波留殿もいまだ行方知れずよ。将右衛門の調べでは、水嶋家にも戻っている気配はない」

「実は」

と、隼之助は昨日の顚末を簡潔に告げる。町奉行所の与力に連れて行かれた番屋。そこで待っていたのは闇師の金吾。彼の者は波留の所在について匂わせた。

〝生死のほどはわからねえがな。居場所は突き止めた。流石のおれも苦労したぜ。前の鬼役様は、とんでもねえことを考えるものだ、とな、思った次第よ〟

今も繰り返し、金吾の言葉が頭でひびいていた。

三

「木藤様が波留殿の拐かしに関わっていると？」

躊躇いがちに雪也が訊いた。

「わからぬ。しかし、ふと気がつくと、おれは番屋に行くことを考えているのだ」

思わず本音が出た。相手が盟友となれば、隠す必要はない。本当は番屋に行き、連絡をつけて、金吾に会いたかった。会って波留の居所を訊ねたかった。心を鎮めるように、拳を握ったり、開いたりしている。

「ようこらえているな」

雪也が言った。なによりの慰めだった。

「話にのらなんだのは正しい行いよ。おぬしの考えどおり、金吾は『ハグレ』であろう。もとお庭番であれば、われらの先をいけるのも当然よ。なれど、波留殿の件に木藤様が関わっているとは」

もう一度、繰り返した。しみじみした口調になっていた。

しばし考えこんだ後、

「木藤様のお気持ちになって、考えてみるのがよいかもしれぬ」

雪也は、嚙みしめるような言葉を発した。

「おぬしもたまにはよいことを言うではないか」

「たまには、はよけいだ」

笑って、ふたたび考えこむような顔になる。

「答えにくいやもしれぬが、敢えて隼之助に訊ねたい。西の丸の御老中から見合いの話があったな」

「うむ。御老中の孫娘と祝言をあげろと言われた。御老中よりも、大御所様が持ちかけた話のように思えてならぬ」

「木藤様はなんと？」

「父上は」

隼之助は、躊躇いがちに答えた。

「泣きながら『こらえてくれ』と」

あのときのやりとりも鮮明に憶えている。波留が死んだと告げられた隼之助は、多聞とのやりとりの最中、

〝では、まだ死んだわけでは〟

かすかな望みをいだいた。が、父は即座にそれを打ち消した。

〝無事に済むわけがない。仮にまだ生きているとしても、それはもはや水嶋波留にあらず。武家女の魂を捨てた亡骸（なきがら）よ〟

それでも一縷（いちる）の望みに縋（すが）ろうとする隼之助を、多聞は涙と先の言葉で押し留（とど）めた。芝居とは思えない、いや、思いたくなかった。

「大御所様からの縁組みとなれば、たやすく断ることはできぬ。木藤様も苦しまれたのではないだろうか。波留殿と結納までかわしていたからな。そのあたりが、どうも、わたしは引っかかっているのだが」

「女子のことは、おぬしにまかせるがよし、だな」

隼之助は軽く言った。湿っぽくなりかけた話を、さらりと流そうとしていた。雪也も苦笑いで応じる。

「まあ、男妾（おとこめかけ）だったゆえ」

「開き直ったか。さいぜん義母上と話したときに、『女子を隠すのは女衆の中』などと言うておられたが」

「ふぅむ」

また考えるような素振りをした後、雪也は目をあげた。

「なにをにやにやしておる」

「いや、なんでもない。義母上のことを思い出すと、ついな」

「なんだ、それは。わたしのことを言えぬぞ。花江殿は義理とはいえ、義母上ではないか。不謹慎なことこのうえない」

「おぬしではあるまいし、おれが義母上に恋をするか。波留殿がいる。なにがあろうとも波留殿よ」

「では、そのにやけ面はなんだ」

「もしかすると……義母上は、父上のお子を身籠もっておられるやもしれぬ。体臭が変化したゆえ、おかしいとは思うたのだがな。集中して義母上を凝視めると、赤児を抱いて乳をやる〝絵〟が浮かぶのだ」

「まことか」

雪也の声が大きくなった。隼之助は仕草でそれを制した。

「将右衛門には言うでない。あやつは黙っておられぬゆえ、またたく間に広まってしまうだろう。義母上は気づいておられぬようだが、おそらく間違いないと、おれは思うておる。父上の生まれ変わりよ」

「赤児は男子か」

二度目の確認は、囁き声になっている。

「たぶんな」

「そうであるならば、目出度い。鬼役は万々歳よ。しかし、すごいではないか、隼之助。おぬしの『鬼の舌』は、ますます冴えわたっているな」

雪也に言われて、気づいた。

「そうか。それで色々とわかるようになってきたのか」

茶室のような狭い座敷で相対した場合のみ、相手の気持ちや思いもかけぬ事柄が、感じ取れるのだと思ったが……雪也の言うように、技が研ぎ澄まされた結果ということも考えられた。

「その調子で集中しろ。わたしには考えもつかぬことだが、うまくいくと波留殿の行方が視えるやもしれぬ」

相変わらず盟友は、考えながらの言葉になっている。言おうか、言うまいか悩んでいるのが見て取れた。

「なにか思いついたのか」

いやでも真剣にならざるをえない。

「なんでもいい、気づいたことがあれば教えてくれ」

訴えるように告げていた。

「いや、波留殿は身を引いたのではないかと思うてな。大御所様より縁談の話があると聞かされて、自らどこかに隠れたのではないかと。水嶋様も知らぬ話なのやもしれぬ。知っていれば密（ひそ）かに教えてくれたであろう。仔細（しさい）を知っていたのは、木藤様のみ。ほとぼりが冷めるまで、さよう。おぬしが祝言をあげた後、波留殿は、姿を現すという段取りなのではあるまいか」

「………」

すぐには言葉が出なかった。ありうることだと思った。侍の世界に常の考えは通用しない。ときに理不尽な事柄が出来（しゅったい）する。

多聞と北村富子がいい例ではないか。互いに決まった相手がいたにもかかわらず、無理を通した結果、悲惨な結末を迎えた。

「では」

ごくりと唾（つば）を呑み、問いかけた。

「生きているな？」

「むろんだ。波留殿は生きている。どこに隠れているのかはわからぬが、花江殿の『女子を隠すには女衆の中』というあれが、妙に引っかかって……」

「待て」

隼之助は短く告げた。不意にひとつの考えが浮かんだのである。多聞の気持ちになって考えてみた。女子を隠すには女衆の中という花江の言葉が繰り返し、ひびいていた。

「〝絵〟が視えたのか」

雪也の問いかけに、

「才蔵です」

呼びかけが重なる。良助同様、みな足音や気配をさせない。今のように話に集中していると、隼之助でも気づかないことがあった。波留のことはいったん心の奥に仕舞いこむ。

「岸田龍右衛門は屋敷に戻ったか」

自ら障子を開けて、才蔵を招き入れた。

「いえ、まだ本所緑町の仕舞た屋（しもたや）にいるそうです。だれかを待っているような風情（ふぜい）に思えなくもありません」

「女だな」

断じた雪也に、隼之助は苦笑いを向ける。

「それしか考えつかぬか」

さまざまな事柄が浮かんでいた。岸田龍右衛門が仕えているのは、嬉野茶の産地を持つ大名家なのか。あるいは薩摩藩なのか。この二藩の関わりは、どうなっているのか。読み違えてはなるまいと、気を引き締める隼之助とは逆に、雪也はひとつのことしか考えていなかった。

「他になにがある。屋敷には戻らず、下町の仕舞た屋で人待ち顔。となれば、愛妾しかおるまい」

「他のことには智恵が働くものを、女子らしき影が見えたとたん、将右衛門と同じになるのは不思議なことよ」

「お、そういえば将右衛門め。厠にしては、いささか長すぎる。逃げ出したのではあるまいな」

腰を浮かせた雪也に、才蔵が告げた。

「外で素振りをしておられます」

「頭をすっきりさせようという考えか。かような真似をしても無駄だと思うがな。書を読まぬことには憶えられぬわ」

「昨日の朝茶のことだが」

隼之助は役目に話を戻した。

「廊下で話を盗み聞いていたのは」

「古株のひとりだとか」

才蔵が早口で継いだ。

「勇雄によれば、主の髪結い役を務めているのも、古株のひとりだそうです。主を見張っているような感じだと言っておりました」

「女房殿はどこに行っているんだろうな」

隼之助は、今朝も比佐子の姿を見ていない。数日前に出かけたきり、戻っていないのではないだろうか。

「昨夜は不忍池の出合茶屋に行ったとか。今もまだいるのではないかと存じます」

言いにくそうな才蔵とは逆に、雪也は色めきたった。

「夜毎、密会か。わたしは見世の前を通ったときに、ちらりと見ただけだが、垢抜けた美人であったわ。〈山菱屋〉と言えば、御内儀の名が出るとか。男であれば一度は」

隼之助に睨みつけられて、苦笑いを浮かべる。

「すまぬ」

「相手はだれだろうな」

隼之助の呟きに、才蔵は答えた。

「どこの、だれかはわかりませんが、侍であるのは確かなようです。見張り役が張りついておりますので、今日中にはわかるのではないかと」

「岸田龍右衛門の顔を知る者がいれば、急ぎ、見張り役に加えろ」

気が急いていた。主の嘉助から伝わった『愛と哀』の味。愛は浮き立つような想い、そして、哀は胸が痛くなるような苦しみ。美人の御内儀は無理やり、夜伽を務めさせられているのではないか。密会の相手こそ、此度の黒幕という可能性が高い。抑えこんだ波留への想いが、ふつふつとあふれ出している。この考えが事実であるならば、早く比佐子を助けてやりたかった。

「承知いたしました」

「それから、ひとつ、才蔵さんに確かめておきたいことがある」

才蔵に目をあてた。

「闇師の金吾は、お庭番だったのか」

四

「…………」

　一瞬、間が空いた。

　本当は隼之助に知られないうちに、片をつけるつもりだったのではないか。しかし、仕留める前に多聞は命を落とした。

「才蔵」

　呼び捨てにして促すと、

「そうです」

　才蔵がようやく重い口を開いた。それゆえ、多聞は塩問屋〈山科屋（やましなや）〉を、一番はじめの潜入場所に選んだ。金吾ともども闇師、つまり、『ハグレ』をすべて始末する考えだったに違いない。彼の者たちがいなくなれば、隼之助はやりやすくなる。難役を継ぐ者への、祝いのつもりだったのだろうか。

　だが、多聞の親心は血を招（よ）び、さらに深い怨（うら）みを招いた。

「梶野殿と腹を割って話さねばならぬ。合力（ごうりき）して、金吾の行方を探さねばならぬ」

「は、い」

またもや奇妙な間が空いた。先刻のものとは少し違っている。言いたいことがあるのに、口にするのを躊躇っているような感じだった。

「金吾のことか。他にもまだなにかあるのか」

「いえ」

小さく首を振る。疑問は消えなかったが、話を進めた。

「それから、もうひとつ。梶野殿が来たら、お加代を呼んでくれぬか」

意外な申し出だったのかもしれない。

「お加代、でございますか」

今度は当惑が浮かんだ。隼之助が『外待雨を招ぶやもしれぬ』と言った娘は、橘町の裏店近くで、波留の姿を見たと明言した。しかし、あれは……偽りだったのではないかと、才蔵は疑っているふしがある。もちろん隼之助も同じ疑惑をいだいていた。

女衆たちを本気にさせるため、気合いを入れて波留を探させるために、おそらく加代は嘘をついた。それを責めるための呼び出しなのかと才蔵は案じていた。

「おれはお加代を信じている。前にも言うたやもしれぬが、お加代は『外待雨を招ぶ娘』よ。外待雨はあまりいい喩えに使われぬ言葉だが、嘘から出た真の喩えもあるではないか。善き外待雨を招んでくれるやも……」

隼之助の言葉を遮るように、

「お頭」

廊下で大声がひびいた。良助だったが、珍しく慌てていた。

「どうした」

いつものように隼之助は、いち早く飛び出している。答えを聞くまでもない、良助の後に将軍派のお庭番、梶野左太郎が見えた。軽く目が吊りあがった様子は、まるで憤怒の不動明王像。怒気をあらわにしていた。

「噂をすればか」

雪也の呟きを手で制した。才蔵が素早く座敷の箱膳を片付けている。盟友もそれに倣い、座敷から出た。

「仲間のひとりが、『ハグレ狩り』に遭うた」

左太郎は、荒い息の中から声を絞り出した。

「かつて木藤様が命じた『ハグレ狩り』よ。もしや、と思うてな。誤ってということも充分、考えられる。それとも狩りのふりをして、われらを始末する考えか」

ふうふうと激しく肩で喘いでいる。懸命に怒りを抑えていた。廊下には隼之助の配下と、供をして来た左太郎の配下が集まっている。将右衛門の顔も見えた。

一触即発の危険な気配が漂っていた。

「命じておらぬ」

隼之助はそっと懐から短剣を出した。左太郎を刺激してはならない。すぐ近くに花江がいる。屋敷内での争いは避けたかった。

「この短剣に懸けて誓う」

押しつけるようにして、左太郎に渡した。

「信じられぬと言うのであれば好きにしていい。おれの命、梶野殿に預ける」

少し前であれば、「どうせ要らぬ命だ」と投げやりになっていただろう。波留のいない自分に明日はないと荒んだ目を向けていたかもしれない。だが、今はあきらかに心の持ち方が違っていた。

——なんとしても波留殿の行方をつかむ。

気持ちが明日に向いている。

「話を聞かせてくれぬか」

穏やかに持ちかけた。激しかった左太郎の息づかいが、次第に落ち着いてくる。芝居には見えないものの、無意識のうちに集中していた。

――装っているのではあるまいな。

そう思うと同時に、己への激しい嫌悪感が湧いた。常より鋭い感覚を怨めしくも感じている。なまじわかるだけに、よけいなことを考えてしまうのだ。無垢な心、そう、波留が横にいる気持ちで接するのが今は最良の道。

左太郎が察したとは思えない。が、渡された短刀を、隼之助の手に戻した。

「中へ」

座敷を示すと、素直に応じる。二人だけの対談を左太郎も望んでいた。障子を閉めて、上座を勧め、隼之助も座る。

「襲われたのは、永代橋の近くよ」

さっそく左太郎は切り出した。

「いきなり斬りつけて来た由。こちらは二人、相手は五人だったとか。ひとりの腹をつらぬいた後、もうひとりに、鬼役の『ハグレ狩り』だと告げて、消えた」

話しているうちに、左太郎自身もおかしいと思ったに違いない。

「ひとりをわざと逃がしたか」

自問の呟きが出た。

「さすれば、逃げた者の口から鬼役の名が出る」

隼之助は受けて、続ける。

「軽々しいことは言えぬが、闇師がらみやもしれぬ。おれは知らなんだが、頭の金吾はかつてお庭番だった由」

知らなかったことを隠すつもりはない。波留の心で接しようと決めている。正直すぎる言葉に、強張(こわば)っていた左太郎の口もとがゆるんだ。

「継いだばかりゆえ、致し方あるまい」

苦笑まじりの労(いたわ)りが出る。

「許嫁(いいなずけ)の居所を教えると闇師に言われた」

さらりと大石を投げた。左太郎がどんな反応を見せるか、我知らず判断しようとしていた。裏切り行為だと思いつつも、集中している己がいた。

鬼役の多聞と、清らかさの象徴の波留。

気をつけないと、また封じこめたはずの多聞に支配されそうになる。支配された方が楽なのだが、二度と己を見失ってはならない。

「なんと」

左太郎は流石に目をみはっていた。あまりにも率直すぎる隼之助を前にして、驚くとともに当惑しているようだった。本当に腹を割って話しているのか。曝(さら)け出しているように、見せかけているだけではないのか。

こちらが疑えば、相手も疑いを返すもの。

「突っぱねたのか」

探るような問いかけを発した。

「断った」

「それだな」

左太郎は即答する。

「闇師のやりそうなことだ。われらが手打ちするやもしれぬという話を、耳にしたのであろうさ。手を結ばれるのは、おもしろくない。ゆえに災いの種を蒔いた」

「人別帳をあらためるというのは、いかがでござろうか」

隼之助は畏まって、申し出た。父がし残した仕事を継ぎ、お庭番にとって最良の道を見つけるのが自分の役目。

さして目新しい話ではないと思ったのか、

「人別帳など今更、あらためるまでもあるまい」

左太郎はつまらなそうに答えた。

「いや、似顔絵も作るのでござる。名と年齢、そして、似顔絵。赤児や幼子は名と年齢だけでよいと思いまするが、男子であれば元服、女子であれば袖留の祝いをすると同時に、似顔絵も作っておくのが宜しかろうと」

「大変な作業だ」

「なれど、この人別帳から外れた者は、言うまでもなく『ハグレ』。見つけ次第、始末できます」

敢えて冷ややかに言った。鬼役を継ぐ以上、この手を血で染めるのは避けられない。綺麗事ではなかった。

「さらに詳しい人別帳を作るという話が広まれば、連中を追い詰めることになるのではないかと存じます」

「なるほど。似顔絵付きの人別帳は、『ハグレ』にとっては恐怖の人別帳になるか。牽制するには充分やもしれぬ」

「まずは相手の動きを封じたうえで、密に連絡を取り合い、『ハグレ』をひとりずつ始末していく。噂が広まれば、お庭番に戻りたいと申し出る者も現れるやもしれませぬ。むろん『ハグレ』の情報と引き換えに、となりましょうが」

「仲間を売らせる肚か」

「疑心暗鬼こそが、もっとも恐ろしい敵。今のわれらにも、あてはまる話ではないかと存じます」

「確かに、な」

つい先刻までの自分を思い出したのだろう、ふたたび苦笑いしていた。

「すまぬ。死んだのは、おれの幼なじみでな。鬼役の仕業ではないと、頭ではわかっているのに……つい熱くなった」

心からの言葉のように思えた。隼之助とて、雪也や将右衛門、あるいは伊三郎の身になにかあれば、平静ではいられない。

いっそう畏まった。

「梶野殿にこの場を借りて、お願いがござる」

「さて、いかようなことでござろうか」

左太郎も居住（いず）まいを正した。

「六月一日に西の丸で開かれる大茶湯を、手伝うてはいただけませぬか」

「本気か」

驚きのあまりだろうか。またくだけた口調になっていた。

「偽りで、かような話はできませぬ。鬼役の披露目の場を、手打ち式の場にもできぬかと思うた次第。それこそが、父、多聞の願いでござった。無意味な争いを続けるのは、互いにとって益がないと存ずる」

「まあ、仰せのとおりだが」

二の足を踏んでいた。左太郎の後ろには、古老や各役目の頭役が控えている。即答できないのはわかっていた。

「頭役のかたがたと、ご相談いただければと存じます」

「承り申した」

「人別帳の件につきましても」

「合議する所存。悪くない考えだと、それがしは思うておる。われらにとって『ハグレ』は目の上の瘤。此度のような騒ぎが起きたのも、一度や二度ではない。早急に片付けるのが、宜しいのではないかと存ずる」

左太郎たちの胸にも、怒りと怨みが渦巻いている。もと仲間だけに、手を出しあぐねている部分もあった。連中はそこにつけこんでくる。

ぼそっと左太郎が呟いた。

「直心の交わり、か」

「手打ち式こそが、直心の交わりとなるやもしれぬ。お庭番同士、口には出せぬ戦いがござった」

ついと目を逸らして告げた。どこか虚しくひびいた。心が揺れているような、本音を口にしていないような、違和感があった。

「父も気になっていたのではないかと存じます」

それでも話を合わせた。心が揺れているのであれば、もっと揺さぶりをかけ、こちらに引き寄せたい。二つに分かれたお庭番を、なんとしてもひとつに纏めたい。

忙しく考えている。

「それにしても」

左太郎の唇に、皮肉めいた笑みが滲んだ。

「大茶湯とは、大御所様もなにを考えておられるのやら。狙うてくれと、言うているようなものではないか」

当然の疑問だったが、それをしなければならぬほどに、薩摩藩の力は強大になっている。隼之助は家斉の心情が手に取るように理解できた。多くは父――多聞の提案かもしれないが、天下商人などという大胆な策に出たのも、薩摩藩を抑えつけるためだろう。家斉は焦っていた。

なにも答えないのが答えだと思ったに違いない。

「なるほど。考えあってのことか」

左太郎がひとりごちる。

「わかりませぬ」

軽くかわして、「もうひとつ」と告げた。

「お願いがございます」

「やれやれ。頼み事の多いお頭様だな。まあ、いいだろう。新しい鬼役へのご祝儀だ。聞いてやろうじゃないか」

「才蔵」

呼びかけると、才蔵が入って来た。後ろには加代が控えている。叱責を覚悟しているのか、俯いて、小さくなっていた。

頼み事を口にしようとしたとき、

「実は」

才蔵が耳もとに囁いた。

「まことか」

隼之助は衝撃を隠せない。

「は」

小頭も緊張している。

あらたな厄災となるのか。あるいは……木藤家の御家争いは終わりを告げるのか。

急ぎ左太郎との話を済ませて、隼之助は屋敷を出た。

五

向かった先は――。

番町の木藤家だった。

十歳から過ごした屋敷は、暗闇の中に沈んでいる。息をするのも憚られるほどの静寂に包まれていた。弥一郎が失踪した後、門番を兼ねた見張り役の配下を残しておいた。その男が、隼之助たちを表門の前で待っていた。

「お待ちです」

「罠かもしれません」

才蔵が言った。

「まずは、われらが話を承ります」

「さよう。おぬしはここにいろ」

継いだ雪也に、将右衛門が続いた。

「わしと雪也にまかせておけ。異母弟は奸計に長けておる。ゆめゆめ心を許してはなるまいぞ」

隼之助の一行は、雪也たちを含めて総勢十人。我も我もと名乗りをあげる配下を、押し留めての訪れとなっていた。

「ひとりで行く」

隼之助は考えを変えなかった。

「なれど」

なおも止めようとする才蔵の肩を叩いた。

「なにかあったら呼ぶ。それまではだれも入れてはならぬ」

「わかりました」

不承不承という感じだったが、受け入れた。隼之助は大きく深呼吸する。ここに着いたときから、ある臭いをとらえていた。それがなんであるのか、もうわかっている。ゆえに盟友や配下の申し出を拒んだのだった。

「ご免」

潜り戸を叩いて、静かに中へ入る。

初めて父とこの屋敷に来たときのことが甦った。母の登和亡き後、育ててくれた祖母が死に、迎えに来た父におとなしく従った。この世にたったひとりで取り残されたような孤独感。幼いながらも隼之助は、己の運命を悟っていた。

木藤家の当主に下僕として仕えるしかない。北村富子の殺意を知ったときには、死を身近に感じた。明日はあるだろうか。無事に朝を迎えられるのか。夜、床に就く度、廊下を歩く気配に耳をすました。

——よもや、おれが木藤家を継ぐことになるとは。

無言で歩（ほ）を進める。とらえた臭いが、次第に強くなっていた。庭は深い闇に覆われていたが、隼之助は玄関の前に幾つかの人影がいるのを見ていた。木像のように座したひとりの後ろに、二つの人影が蹲踞（そんきょ）していた。

そして、少し離れた場所に、筵（むしろ）掛けされた亡骸らしきものがある。命を落としたのは、だれなのか。弥一郎か、慶次郎か。それとも弥一郎の配下のひとりか。

「弥一郎殿、か？」

座している人影に問いかけた。自分でもわかるほどに声が震えていた。

「いかにも。弥一郎でござる」

対する弥一郎の答えは、闇の中に凛（りん）とひびいた。

「此度（こたび）の不始末につきましては、幾重にもお詫（わ）び申しあげます。母、富子と弟の慶次郎は愚かにも……」

「よう戻られた」

隼之助は駆け寄って、抱きしめていた。

「無事でようござった。どれほど案じたことか」

あとは言葉にならない。抱きしめる腕に力をこめるのが精一杯。あふれる涙を止められなかった。

「隼之助殿」

弥一郎もまた声を失っている。隼之助の喜びを知るとともに、今までの経緯が甦ったのはあきらか。懸命に涙をこらえていた。不精髭と月代が伸びた顔には、苦悩と疲労が滲んでいる。かつての面影を探すのが、むずかしいほどにやつれていた。

「慶次郎殿か？」

二度目の問いかけも震えている。目の端に映る筵掛けの亡骸。弥一郎の後ろに控えている二人が、慶次郎ではないことを悟っていた。

「いかにも」

と、答えた後、弥一郎は声を詰まらせた。慟哭を抑えるためだろう、何度も唾を呑みこんでいる。

「け、慶次郎は、母に言われて、飛鳥山（あすかやま）の音無（おとなし）川近くの廃寺に向かった由。母は波留殿がそこにいるという話を、だれかに聞いたようでござる。伝え聞いたそれがしは、すぐに駆けつけましたが」

時すでに遅し、廃寺近くの空き家に運ばれたのは、弟の慶次郎。知らせを受けた弥一郎が駆けつけたときには虫の息だった。

廃寺の騒動は、もはや、どこでどうなっているのか、説明できなかった。隼之助に仕掛けられたはずの罠が、どこかで狂い、吉五郎の仇討（あだう）ちに利用された。が、その後に待ちかまえていたのは、隼之助を狙った一群。怨みが怨みを招（よ）び、憎しみがあらたな憎しみを生んだ。

「おそらく」

隼之助は、己の考えを口にする。

「闇師の金吾が、動いたのではあるまいか」

あくまでも仮の話として続けた。

富子に波留の居場所を知らせたのは、金吾ではないのか。むろん偽りだったのだが、富子はそれを信じて、慶次郎を廃寺に行かせた。しかし、慶次郎が波留を始末するつもりだったのかどうかはわからない。

「慶次郎殿は、波留殿を助けてくれるつもりだったのではないかと、おれは思うておる。千秋という配下が、近くで見張っていたのだがな。千秋によると慶次郎殿は、供をして来た二人の若党を残して、廃寺にひとりで入ったとか」

千秋が死んだ吉五郎の妹であることは、敢えて口にしなかった。波留に警戒心をいだかせぬよう、慶次郎はひとりで寺に入ったのではないだろうか。

「波留殿を殺めるためであれば、若党ともども飛びこんだように思えなくもない」

独り言のような呟きが出た。千秋から話を聞いたとき、隼之助は思わず侍はひとりで寺に入ったのかと、訊き返していた。なぜ、若党を寺の外に残して行ったのか、疑問をいだいたからである。

——そして、金吾は〈笠松屋〉の娘、珠緒を、波留殿の身代わりとして、廃寺に潜ませておいた。千秋に話を伝えたのは、金吾か、もしくは金吾の配下か。

心の中で騒動の流れを考えていた。千秋は見知らぬ男だったと言っていた。金吾やその配下の顔を千秋は知らないはず。これで兄の仇が討てると、珠緒に知らせて段取りを整えた。

珠緒が慶次郎を刺した騒動の後、遅ればせながら駆けつけた隼之助を、待っていたのは手練れの刺客部隊。薩摩藩を脱藩した者たちであるのは、伊三郎によって確かめられている。

「すべては、闇師の頭、金吾の企みであろう」

声になった呟きを、弥一郎が受けた。

「なにゆえ金吾という男は、かような真似をしたのでござろうか」

発せられた問いかけは、隼之助の胸にもある疑問だった。

「わからぬ」

それしか答えようがない。金吾が元お庭番だったこともまた口にするのは避けた。いずれ知らせるときがくるかもしれないが、今の段階では、伝えない方がいいだろうと判断していた。

「弥一郎殿。なぜ、かようなところに慶次郎殿を……座敷に運びこまなんだのは、なにゆえか」

遅ればせながら訊いていた。弥一郎が無事だったと思った瞬間、収拾がつかないほどの感情にとらえられていた。心を鷲掴み（わしづかみ）にされて、一瞬、周囲が見えなくなっていた。激情にまかせて弥一郎を抱きしめた後、亡骸の哀れな様子に気づいた。

「先程、闇師云々の話が出ましたが、此度の騒ぎは慶次郎、いや、母も無関係とは言えませせぬ」

弥一郎は答えた。淡々とした口調が、逆に苦悩の深さを表しているように感じられた。慶次郎が刺されたと聞き、瀕死の次男のもとに駆けつけた富子は、腕のいい医者を呼びに行くと言って、姿を消した。

「まさか隼之助殿のところへ行くとは」

弥一郎の言葉には、深い悔恨がこめられていた。知っていたら止めたに違いない。慶次郎はもやは助からぬと見て取ったのだろうか。富子は、激しい怒りと憎しみを、そのまま隼之助に叩きつけようとした。

「狂うてしもうたのやもしれませぬ」

ぽつりと言って、続けた。

「母に命じられるまま動き、廃寺で刺された弟は、一昨日の夜、息を引き取りました次第。看取るのはそれがしの役目と思い、付き添うておりました。隼之助殿におかれましては、すでにご存じやもしれませぬが、慶次郎は鬼役の配下であるお庭番を……」

「もうよい」

遮って、隼之助は呼んだ。

「雪也、将右衛門」

待ちかまえていたのだろう、二人が飛びこんで来る。才蔵たちも入って来た。将右衛門は刀を抜いていたが、怪訝そうに筵掛けの亡骸を見おろした。

「だれじゃ？」

「慶次郎殿だ」

隼之助は手を合わせて、筵掛けを取った。しらじらと夜が明け始めている。血にまみれた着物と袴姿の慶次郎が動かぬ骸となっていた。死に顔の穏やかなことが、せめてもの慰めだろうか。

「中に運ぶのを手伝うてくれぬか」

隼之助の言葉に、弥一郎は狼狽えた。

「なれど、隼之助殿。われらの母は父上を、いや、そもそも、それがしが父上と呼ぶことをお許しいただけるのかどうかもわかりませぬが……」

「助けてくれぬか、弥一郎殿」

「は？」

「悪友ども曰く、おれは天の邪鬼らしゅうてな。御膳奉行という表の御役目には向かぬ。以前も言うたと思うが、心根の真っ直ぐな弥一郎殿こそが、相応しい御役目だと父上も言うておられた。弥一郎殿が表の御役目、おれが裏の鬼役。時がきたら退くつもりだが、弥一郎殿にはずっと御膳奉行を務めていただきたい」

「それがしに」

ふたたび弥一郎は言葉に詰まる。

この屋敷の主になったとき、弥一郎は目付の娘を妻にしたうえ、数えきれないほどの取り巻きに囲まれていた。今、控えているのは、わずか二人のみ。隼之助は、苦難の時に付き随った誠の忠臣を見やった。

「よう支えてくれた。しかるべき役目に就いてもらい、弥一郎殿をいっそう守り立ててもらいたい。さすれば慶次郎殿もうかばれよう」

「隼之助殿」

「なにをしているのだ。おれの弟を、かような場所に横たえておくのは耐えられぬ。早う座敷に運んでくれぬか」

立ちあがって、才蔵たちに命じた。雪也と将右衛門は、玄関を開け放ち、座敷の支度を整えに走る。少しの間とはいえ、だれも住まない時期があった。慶次郎を弔うべく、整えなければならない。

「大御所様がお許しくださるかどうか」

弥一郎の呟きに、すぐさま返した。

「木藤家の明日は大茶湯にかかっている。われらの披露目の場であるばかりでなく、家慶様付きのお庭番との手打ち式も行うことになろう。大茶湯の出来次第よ」

「手打ち式」

「さよう。父上が持ちかけたという話だが、定かではない。おれは一度も聞いておらぬからな。あるいは」

「木藤家を潰すための罠やもしれぬ」

今度は弥一郎がすぐに返した。

「そのとおりよ」

肩を叩いたその手を、弥一郎が握りしめる。

「及ばずながら、この弥一郎。兄上のお手伝いをいたしたく存じまする」

兄上、のひびきに胸が熱くなった。生まれたのは、わずか一日違い。隼之助の方が先だったが、些細なこととは言えないものが武家にはある。

「弥一郎殿」

あらためて隼之助は、弟の手を握り返した。

さまざまな確執を経て、今、ようやく木藤家はひとつに結ばれた。表の御膳奉行と裏の鬼役。二つがひとつになったとき、なにが起こるのだろうか。

――これぞ直心(じきしん)の交わり、か。

先刻の梶野左太郎の言葉を、心の中で繰り返している。孤独に震えた子供時代。明日を選ぶことはできなかった。いやおうなく孤独に徹し、その孤独を突きぬけて、裏側にまわったとき――。

初めて直心の交わりも可能になる。

真の兄弟になれたことを、噛みしめていた。

第六章　嬉野茶

一

兄弟との再会に浸る暇はない。

六月一日の大茶湯は間近に迫っている。薩摩藩と嬉野茶を産する藩の間には、どのような関わりがあるのか。〈山菱屋〉の古株の奉公人は、薩摩藩の藩士ではないのか。かつて鬼役がやったように、見世ごと乗っ取るつもりなのではないか。主夫婦と大番頭の百次郎は、孤立しているのではないか――。

三日後の午前。

「大丈夫ですか」

茶問屋〈山菱屋〉の主、嘉助の呼びかけで、隼之助は我に返った。

「はい」

供役を務めて、嬉野茶の産地を持つ藩——肥前国佐賀藩を訪れていた。千駄ケ谷村に持つ抱屋敷である。藩主は鍋島肥前守直正で、禄高は三十五万七千石。外様とはいえ、大藩であるのはだれもが認めるところだろう。隼之助は主と書院に案内されていた。すでに半刻（一時間）ほど待たされている。

主も退屈しているのかもしれない。

「心ここにあらず、という顔をしていますよ」

また話しかけてきた。

「いささか緊張しております。ご奉公したばかりの身で肥前守様のお屋敷に、お供させていただくことになるとは、考えてもおりませんでしたので」

あたりさわりのない答えを返した。

「嬉野茶を当てたではありませんか。あれの褒美ですよ」

と囁く嘉助自身が、嬉しそうだった。嬉野茶は佐賀藩御用達の茶農家が作る御用茶。夏切と称して口を切った理由を、隼之助は察している。

——黒幕は、佐賀藩ということか。

裏付けするように岸田龍右衛門が、本所緑町の仕舞た屋から戻ったのがこの抱屋敷だった。さらに不忍池の出合茶屋で、〈山菱屋〉の御内儀、比佐子と逢瀬を楽しんだ上級藩士と思しき男も、佐賀藩の上屋敷に戻っている。黒幕は佐賀藩という結果になっているのだが……。

どうしても引っかかっていた。佐賀藩も加わっているかもしれないが、真の黒幕がいるのではないか。同じ九州の大藩こそが、首謀者ではないのだろうか。

「たまたまです。二度も味わわせていただきましたから、どうにかわかったような次第です。二服目は、濃茶にしていただきましたので」

「謙遜することはありませんよ。百次郎が言うとおり、壱太は茶の道に通じています。大番頭さんはあの怪我ですからね。当分、動けません。手伝ってもらえると助かりますよ。それにしても」

嘉助は静まり返った庭を見やる。

「岸田様は遅いですねえ」

深い吐息をついた。

肥前国佐賀藩鍋島家は、小城・鹿島・蓮池の三支藩、御親類の四家、御親類同格の四家といった家から成っている大所帯の藩だ。前藩主——斉直は、奢侈贅沢に溺れて、いっとき財政破綻寸前まで追い詰められたことがある。十年ほど前に家督は、嫡男の直正が継いでいたにもかかわらず、実権を握っていたのは前藩主の斉直。徳川将軍家を写したような、御家騒動になっていた。

しかし、今年の一月二十八日。前藩主の斉直が急逝したことによって、騒動は終わりを告げている。

——暗殺の噂も出たな。

父の御膳帳にも、その旨、記されていた。大所帯の鍋島家を統治していくのは至難の業。かなり借財は減ったようだが、今も少なからぬ借財があるとなれば、現藩主——直正の手腕に期待の目が集まるのは当然のことかもしれない。

嬉野茶の産地を持つ佐賀藩が、はたして、此度の騒ぎにも関わっているのか。あるいは本物の黒幕が、佐賀藩を隠れ蓑として利用しているのか。

「旦那様は」

ふと問いかける。

「なぜ、嬉野茶を夏切なさったのですか」

数寄者の嘉助が、不粋な真似をした理由。そこに真実が隠れているように思えた。佐賀藩を示唆するような言動は、黒幕が佐賀藩だと思うがゆえだろうか。

表立って動いているのは、佐賀藩の御用人——岸田龍右衛門。岸田が本所緑町に借りた家から、才蔵は首尾よく一匙分の茶を盗んで来た。その茶もまた嬉野茶であることを、隼之助は『舌』で確かめている。

「特に理由はありませんが、あれが壱太には、合うように思ったのですよ。まろやかな優しい味わいのお茶でしょう？」

嘉助の問いかけに頷いた。

「はい」

「爽やかで後味も悪くありません。まさに壱太ではありませんか」

真面目な顔で言われてしまい、返事に窮した。数寄者だからか、大店育ちだからなのか。嘉助は、腥い話とは距離を置いているように見えた。

「嬉野茶ほど、役に立っているとは思えませんが」

答えて、さらに訊いた。

「先日、大番頭さんに拝見させていただいた白もん、白薩摩の花瓶ですが、あれは旦那様のお道具なのですか」

どうしても薩摩藩が引っかかっている。あの花瓶で隼之助は、やはり黒幕は薩摩藩だと思うに至った。しかし、蓋を開けてみれば、現れたのは佐賀藩。花瓶の意味を読み違えたのだろうか。あるいは特別な意味などなかったのか。

「ああ、白もんですか。あの花瓶は、岸田様から貸していただいたのです。百次郎の手伝いをする者を雇うつもりだとお話ししたところ、『では』とお持ちいただきましてね。あの花瓶の価(あたい)がわからぬ者を、雇うてはならぬと仰せになられまして」

「岸田様が」

小さな驚きを覚えていた。なにか意図あってのことか、鬼役と確かめたかったのか。表立って話せない状態なればこそ、小道具が必要になってくる。

——主に朝茶を振る舞われていたとき。

勇雄の知らせを思い出していた。廊下に在(あ)った気配は、古株の奉公人だった。闘茶(とうちゃ)の結果によって、鬼役か否かを探ろうとしていたふしがある。若い奉公人たちの酒宴に招かなかった古株は、すべて黒幕の配下ではないのか。

「お忙しいんでしょうねえ」

ふたたび嘉助は庭に目を投げる。昨日も御内儀の比佐子は、見世に戻っていなかった。いったい、どこにいるのだろう。隼之助は、岸田が借りている仕舞た屋こそが、密会の場所ではないのかと思ったのだが、女子の姿はいまだ見ていないという報告を受けていた。

〝新茶を収めた茶壺(ちゃつぼ)が、仕舞た屋の、茶の間らしき座敷に置かれていました〟

今度は才蔵の知らせが甦っている。

〝茶壺の口は切られておりました。あれが気になります。新茶を味わう時期ではありませんので〟

口切した茶を、嘉助はもらったのではないか。佐賀藩に起きている『なにか』を伝えるために、嬉野茶を隼之助に味わわせた。そして、白もん、白薩摩の花瓶は、薩摩藩が黒幕だと教えるために、岸田が嘉助に託したのではないか。

佐賀藩と薩摩藩。

二つの大藩が関わっているのは、おそらく間違いない。

――口には出さぬが、御内儀のことを案じているのだろうな。

毎晩、嘉助は安囲いした愛妾の家を渡り歩いていた。御内儀の比佐子が、不忍池の出合茶屋で密会した上級藩士と思しき相手は、だれなのか。また佐賀藩の上屋敷に戻った男は、本当に佐賀藩の上級藩士なのか。

――波留殿。

愛しい女と、比佐子の姿が重なっている。将軍派のお庭番、梶野左太郎にも頼んで、加代を含む数人の女衆を、ある場所に潜入させていた。大茶湯が終わるまでは、連絡を取るなと命じていた。こちらの動きに気づけば、闇師の一群や薩摩藩が、よからぬ企みに走るかもしれない。

自ら決めたこととはいえ、気にならないと言えば嘘になる。自分の読みは当たっているだろうか。

〝女子を隠すには女衆の中〟

花江の言葉によって導き出された答えが、正しいのかどうか。早く確かめたかった。

加代たちに連絡を取りたかった。

隼之助がふと目をあげたとき、

「なにか?」

嘉助と目が合った。

「あ、いえ、お道具のことですが、大番頭さんは『蓑虫』と呼ばれる唐の茶碗も見せてくださいました。作り手の指づかいが、感じられるような茶碗でした。まさか『蓑虫』に巡り合えるとは思ってもおりませんでしたので」

ひと息、ついて、訊いた。

「あの茶碗の持ち主は、どなたさまなのでございますか」

良助に調べさせているが、いまだ持ち主の知らせは届いていない。答えないかと思ったが、

「薩摩藩のお殿様ですよ」

嘉助はあっさり応じた。

「比佐子がお借りして参りました。我が家は薩摩藩の御家老様と、浅からぬお付き合いがあるのです。是非にとお願いしましたところ、かないましてね。わたしも味わいましたが、やはり、茶の深みと言いますか。舌の味わいが違ってきます。名物は違いますねえ」

味わったときを思い出したのか、目を閉じて、感じ入ったように小さく首を振っていた。持ち主は薩摩藩の藩主、島津斉興（なりおき）。薩摩藩の家老と〈山菱屋〉は浅からぬ付き合いがある。浅からぬ付き合いとは……。

——雪也であれば、夜の接待（もてなし）に違いないと言いそうだな。

盟友ならずとも疑いが湧（わ）いた。比佐子の相手は、薩摩藩の江戸家老なのだろうか。そう告げているような感じだが、事が事だけに訊き返すことも確かめることもできない。隼之助は答えを求めて、忙しく考える。

「大番頭さんは、わたしにも『蓑虫』で一服、喫（の）ませてやろうと仰（おっしゃ）っていたのですが、味わいそこねました」

「残念でしたね。ですが、また機会があるでしょう。噂では、大御所様が西の丸で大茶湯を催されるとか。定かではありませんが、〈山菱屋〉にもお声がかかるかもしれません。そうすれば、『蓑虫』だけでなく、大名物や名物といった茶道具を拝見できるでしょう」

「大御所様の茶会でございますか」

大仰に吃驚してみせた。内々に通達を流している。確かに〈山菱屋〉も招待客の中に入っていたが、奉公人の壱太がそれを知っているわけがない。へぇと何度も感心するふりをした。

「自分で言うのもなんですが、まあ、わたしも市井の数寄者としましては、そこそこ名を知られておりますからね。無駄に小判を使っていませんよ」

嘉助はどこか誇らしげだった。酒を飲まない限りは、穏やかで品のよい大店の主の顔を保っていられる。『愛と哀』の葛藤は、胸の奥深く仕舞いこんでいた。

「薩摩藩のお殿様も、おいでになるのでしょうか」

さりげなく探りを入れている。薩摩藩は招いていないが、どの程度、嘉助が知っているのか。早く関わりをつかみたかった。

「さあ、どうでしょうか。つい『蓑虫』でお茶を楽しめるなどと言ってしまいましたが、薩摩藩のお殿様のことまではわかりません。てまえは一介の数寄者、茶問屋にすぎませんからね」

微妙に訂正していた。嘉助もまたさりげなく探りを入れているような感じだった。隼之助が鬼役ではないかと思いつつも、断定するにはいたっていないのだろう。

「嬉野茶のことですが」

嘉助は、話を戻した。

「壱太は、嬉野茶の起こりを知っていますか」

「わたしが書で読みましたのは、唐の紅令民という人が、嬉野の里に南京釜を持って来て製したのが起こりとか」

「そのとおりです。〈山菱屋〉と嬉野茶は、言うなれば一心同体。売ることに力を入れているお茶なんですよ」

「……………」

隼之助は、すぐに返答できない。一心同体が、ずしりと心にひびいた。嬉野茶はつまり、佐賀藩を指していると言っても過言ではない。嘉助は佐賀藩との深い繋がりを示したのではないだろうか。

「おいでのようですね」

平伏した主に倣い、隼之助も頭をさげる。

岸田龍右衛門との問答に、真実を見極められるかどうか。

隼之助は集中する。

二

儀礼的な挨拶(あいさつ)の後、

「新しい奉公人は、壱太であったか」

岸田はいきなり話を向けた。直答を許すと言われていたが、簡単に従えるわけもない。答える役目は主に譲った。

「はい。てまえどもと繋がりの深い嬉野茶の起こりを存じておりました。これならば百次郎の手伝いが務まるのではないかと思いました次第です」

ここでも嘉助は、繋がりの深い嬉野茶と敢(あ)えて口にした。岸田に伝えるふりをして、隼之助に伝えているのではないか。〈山菱屋〉は佐賀藩と手を結び、さらにそれを薩摩藩が支配しようとしている、のだろうか。この会談には大きな意味があると、隼之助は考えていた。

やりとりにいっそう気持ちを向ける。

「さようか。我が藩にも有田焼という、諸藩や外国に誇れる磁器がある。有田焼についてはいかがじゃ。存じよるか」

試すような問いかけが出た。問いかけながら、廊下に控えている二人の家臣にちらりと目を走らせる。意味ありげな仕草だった。

――もしや、薩摩藩の見張り役か。

鬼役の頭は、いまだ正式な披露目を終えておらず、敵は頭役の顔を断定しかねているのかもしれなかった。謀叛の連判状に名を記した者たちは、非公式の場で、家斉から隼之助が鬼役である旨、知らされている。それが広まっていることも考えられたが、人相風体までは正確に伝わっていないのかもしれない。

むろん岸田や嘉助も同じだろう。ここで淀みなく答えるべきか、それとも普通の奉公人を装うべきか。

悩みつつの返事になった。

「さほど詳しくはございません。ただ我が国おいて、有田焼の前に造られていたのは、粘土を原料とした陶器であるとか。陶石の粉を練って高熱で焼きあげた磁器が誕生したのは、有田が初めてであると聞きました」

いささか専門的すぎる答えになっただろうか、

「ほう。詳しいの」

岸田は嘆息を洩らした。

「壱太は、さまざまな事柄に通じております。打てばひびくような答えが返るのは、まことに頼もしいことではないかと」

嘉助が後押しする。廊下の家臣は、眉ひとつ動かそうとはしなかった。隼之助が鬼役なのか、違うのか、あるいは鬼役の配下なのか。無表情な仮面を被って、読み取ろうとしているように思えた。

「諸藩の例に洩れず、我が藩もまた財政難にあえいでいる。是非、智恵を貸してほしいものよ」

岸田は、冗談とも本気ともつかない言葉を口にした。財政難を衝かれたがゆえ、薩摩藩に取りこまれかけているのだろうか。小判を融通しようとでも持ちかけられたのか。なにか弱みを握られているのは、おそらく確かだろう。そして、それは御用商人の〈山菱屋〉をも巻きこむ騒ぎになっている。

愛と哀。

二つの『あい』を伝えた茶の味が甦っていた。

「ですが、今のお殿様は、名君の呼び声が高いお殿様と承りました。少しずつ良い方に向かっているのではございませんか」

隼之助は思いきって告げた。大店の主や番頭たちであれば、佐賀藩の政（まつりごと）や内情に通じていてもおかしくないが、隼之助は新参者の若い奉公人。口にすること自体、不自然な話だったろう。

「ふむ」

またもや岸田は廊下に目を走らせる。あきらかに教えていた。対する二人の家臣は、相変わらず木像のような姿勢をくずさない。二人は何者なのか。はたまた佐賀藩は本当に追いこまれているのか。追いこまれているのだとすれば、その理由はなんなのか。早急（さっきゅう）につかまなければならなかった。

さらに話を進めようとしたとき、

「そのほうが言うとおり、我が藩の財政改革は着々と進んでおる」

岸田が先に口を開いた。

「さまざまな策を講じたからじゃが、この策についてはいかがじゃ。そのほうの耳にも伝わっておるか」

大胆な問いかけを投げる。そのほうの耳に伝わっているのは、つまり鬼役に伝わっていることであり、すなわちそれは大御所家斉に伝わっていることを示していた。岸田なりに精一杯、考えた言葉であるのが読み取れる。

「伝わっております」

隼之助は、心を決めた。

「お殿様におかれましては、御仕組八ケ条をお定めなされたとか」

淀みなく説明する。何年も前から事実上の藩主となっていた直正は、都市や農村、山林行政の改革や、竈帳――戸籍簿の提出による労働力の把握、土砂留を中心とする河川の整備、国産品の奨励による殖産興業などなど、さまざまな改革を実行に移した。奢侈贅沢に溺れる前藩主の斉直は、蚊帳の外。ときに斉直の横槍を受けながらも、直正は質素倹約を徹底した。

「特に蔵米を大坂に上米することをやめて、国許の販売を推進したのが、大きかったのではないかと存じます。これにより、お国の経済が繁栄したのではないかと。さらに」

と、続ける。

「山方、陶器方、貸付方、講方といった役所をもうけられましたのも、流石と思いました次第。また藩境を除く全蔵入地の大庄屋を廃止なされて、代官を在住させたのも、大きかったのではないかと存じます」

　直正は代官を在住させることによって、強力な藩の体制を築きあげた。民は貧富の差に喘ぐことになっているのだが、それは敢えて告げなかった。前藩主、斉直が作った借財を返しながらも、藩の石高は確実に増えている。八方丸く収まるのが理想かもしれないが、思いどおりにならないのが世の常だ。

「ふぅむ」

　岸田は嘆息を洩らすばかり。嘉助にいたっては、口をぽかんと開けていた。廊下に控えていた二人のうちのひとりが、いつの間にか消えている。慌てて知らせに走ったのかもしれない。

「そのほうに、今ひとつ、訊ねたき儀がある」

　三度、ちらりと廊下を見て、岸田は口火を切った。

「フェートン号の騒ぎを存じよるか」

　躊躇いがちの問いかけになっていた。

　前藩主の斉直時代の文化五年（一八〇八）。当時、佐賀藩は国際貿易港だった長崎港の警備を、福岡藩と一年交替で務めていた。文化五年のこの年は、運悪く佐賀藩の当番だったのである。

　八月十五日の夜。長崎港に阿蘭陀国旗を掲げた三本マストの軍艦が入港する。ところがそれは阿蘭陀と敵対する英吉利(イギリス)の軍艦で、味方と思い近づいた阿蘭陀商館員の二人は逮捕されてしまった。奉行所の役人は、どうすることもできない。

不法入港を阻止、撃退するはずの佐賀藩は、財政難を理由にして、大半の藩兵を引きあげさせていたという大失態。長崎奉行の松平康英(やすひで)は、やむなく英吉利船に燃料や水、食料を与えて、出発を見届けた後、責任を取って自刃(じじん)した。

この不始末のため、前藩主の斉直は謹慎、長崎番頭の二人は切腹、長崎で「佐賀の腰抜け」と嘲笑(ちょうしょう)されたのは言うまでもない。藩祖直茂(なおしげ)以来、武勇の伝統を誇る佐賀藩の藩士にとっては、まさに耐えがたい屈辱を味わわされたのだった。

「はい」

隼之助は短く答えた。と同時に、この件だったのかと、得心(とくしん)している。薩摩藩が佐賀藩に、肝煎(きもいり)役を申し出たことは容易に想像できた。

〝家慶(いえよし)様にとりなそうではないか。案ずることはない。なにもかも、おまかせいただければ、佐賀藩の明日は安泰よ〟

薩摩藩主斉興が告げたであろう台詞(せりふ)とともに、恐ろしい考えが浮かんでいた。

――もしや、前藩主の死も関わりがあるのか?

奢侈贅沢をきわめた斉直は、年が明けた一月二十八日、逝去していた。急な死だったのは知っていたが、老年といっていい年だ。急逝したところで、それほど不審はいだかれない、はずだったが……。

——前藩主が邪魔者だったのは間違いない。

そもそも財政難に陥ったのは、だれの責任なのか。前藩主を抜きにしては語れないだろう。その財政難が原因で、長崎港の警備が手薄になった挙げ句、藩の顔に拭いがたい泥を塗る不始末が生じた。暗殺の話が出ても不思議ではない流れである。

隼之助と用人は、目顔の語らいをしていたが、

「さようか」

岸田もまた頷くにとどめた。

鬼役だった多聞の死が囁かれる中、隼之助は、自ら鬼役に近い者だと名乗りをあげたも同然だった。鬼役の頭とまでは思っていないかもしれないが、親しい配下と確信したのは間違いあるまい。壱太の名で奉公できるのは、これが最後になるかもしれなかった。

——それでもまだ短刀は出せぬ。

青龍の短刀を持つ者こそが、あらたな鬼役。探り合いの域を出ていない会談に、すべてを懸けるのは、あまりにも無謀すぎる。廊下に座している男が、薩摩藩から遣

わされた監視役だった場合、今日中に隼之助のことが広まるは必至。大茶湯の披露目を待つまでもない話だ。

しかし、佐賀藩が置かれている状況は、おおよそ掴めたのではないだろうか。

「てまえどもは、嬉野茶と一心同体でございます」

嘉助が先刻の言葉を繰り返した。

「どこまでもお供する覚悟にござります」

力強く言い添えた。どこか世を捨てたようだった横顔が、きりりと引き締まっている。隼之助には目を向けていない。が、心を向けていた。

〝お助けくださいませ。てまえも力添えいたしますので〟

「僭越ながらお訊ねいたします」

隼之助は、訊かずにいられない。佐賀藩と〈山菱屋〉の立場を、少しでも明確にしたかった。

「申せ」

「はい。岸田様は、本所緑町に仕舞た屋を借りておられる由。ここ数日、そこに足をお運びなされていたのは」

「待っていた」

即座に答えた。が、流石にまずいと思ったのか、

「女子をな、待っていた次第。日本橋橘町に住む芸者よ」

隼之助の目を見て、告げた。言うまでもなく橘町は、隼之助が家を借りている場所。熱い想いを告白されれば、つい懐に手が動きそうになる。だが、廊下に座している家臣の正体がわからない以上、軽々しい真似はできない。

――もう本所緑町の仕舞た屋では密会できぬ。

青龍の短刀を岸田に示すだけのなにか。佐賀藩と〈山菱屋〉、そして、薩摩藩との関わりを示すものが、もうひとつ、ほしかった。

三

佐賀藩と〈山菱屋〉は、薩摩藩に支配されかけているのか。〈山菱屋〉の見世に奉公する古株の男たちは、薩摩藩の勘定方ではないのか。〈蒼井屋〉を真似て、乗っ取るつもりなのだろうか。

その夜。

「あんれまあ、隼さんよ。戻って来たかね」

橘町の家には、おとらをはじめとする三婆が揃っていた。米や味噌、醤油といった品を勝手に使うのはいつものこと。

「飯は残っているか」

さっさと自分の家に行け。と手で示しながら、まずは二人の婆様を追い出しにかかる。通りすぎざま、色っぽいと本人だけが思っている目を投げて、お宇良が出て行った。これまた淑やかだと本人だけが思っている仕草で会釈して、お喜多もあとに続いた。

「握り飯を作っておいたがや。ざくざく汁もあるだ。さいぜん〈切目屋〉から使いが来てよ。優曇華の花が咲き始めている、ええと、庄屋のだれだったか」

おとらが皺だらけの手を開いている。消し炭で記したつもりが、握り飯を作っているうちに落ちたのかもしれない。証のような黒っぽい握り飯を、隼之助は頬張った。

「庄屋の久松さんか」

手に付いた飯粒を食べながら訊いた。塩で握っただけの、少し薄汚れた握り飯には、おとらの気持ちがこめられている。ふんわりと胸のあたりに灯がともった。味は落ちるが、波留が作る飯に似ていた。そこだけ気に入っている。

「ああ、んだ、久松さんだ。久松さんは、江戸にもう少しいることにしたとさ。おらもお宇良たちと馬喰町に行ってみただがね。まあ、たいそうな賑わいになっとったわ」

おとらが椀によそった味噌汁を、受け取るや、隼之助は上がり框に座って食べ始める。

「そうか。暇を見て、おれも行ってみよう」

「なんだね、隼さんよ。そげなとこさ、座って食うこたぁねえだろが。足ぐらい拭いて、座敷にあがらねか」

「腹が空いているんだ。忙しくて、午からなにも食っていない」

「まぁったく、世話がやけるごと」

おとらは、土間に屈みこんで足を拭いてくれた。

「ありがたいが、ちと気持ちが悪いな。三婆の親切の裏には、災いあり。もしや、米を使いきったか？」

「あたりじゃ」

おとらは、にんまりした。抜けた歯を堂々と見せるあたりが、古稀を超えてなお色気たっぷりのお宇良とは違っている。ぽんと隼之助の足を叩いて、立ちあがった。

「ついでに言うと、味噌ものうなったわい。稼ぐ楽しみが増えてええのう、隼さんや。

この家の味噌は美味くてな。他の味噌が食えんようになるのが玉に瑕じゃ」

「だから、おれの家に来て食うわけか。言い訳にしか聞こえないが、まあ、いつも片付けておいてくれるからな」

「そうそう、持ちつ持たれつじゃ。持つばかりでは、ちと辛いがの」

はははと笑って外に出ようとしたとき、

「おんやまあ、色男だごと」

おとらは戸口で足を止めた。盟友たちや才蔵に対しては、今更、言ったりしない。

隼之助は上がり框から身を乗り出した。

「弥一郎殿」

「色々と相談いたしたき儀がありまして、参上つかまつりました次第」

弥一郎は、月代と髭を剃って、昔の凜々しさを取り戻している。おろしたての着物と羽織姿にもまた、隠しきれない育ちのよさが表れていた。狭い座敷を見まわした後、吃驚したような表情で、しばし土間に佇んでいる。

「驚かれたか」

隼之助は笑みを返した。

「は。あ、いや、裏店暮らしの厳しさを、ものともせずに御役目を務める隼之助殿に、あらためて感服つかまつり……」

「とにかく、あがってくれ」

遮って、座敷を示した。

「は」

弥一郎は畏まる。その後ろには、中年の侍と若侍が従っていた。番町の屋敷で再会した折、控えていた二人である。

「藤田万之助と、倅の小四郎でござる」

弥一郎の紹介に、それぞれ会釈した。

「もとは武州の浪人でござってな。それがしが番町の屋敷を賜った折に雇い入れました。はじめは小四郎だけだったのでござるが、万之助は算盤ができると聞き、あとから雇い入れました次第。隼之助殿に一度、ご挨拶しておくのが筋だろうと思いまして」

「われらは外におります」

万之助が告げて、戸を閉めた。九尺二間の溝板長屋ゆえ、戸を閉めると暑くてたまらない。が、それを問題にするほど、甘い暮らしはしていなかった。

「大御所様にも、無事、ご挨拶できましたのは、隼之助殿のお口添えがあればこそ。

あらためて御礼(おんれい)申しあげます」

弥一郎の礼には、万感(ばんかん)の想いがこめられていた。一昨日、隼之助は弥一郎を伴って、西の丸を訪れていた。短い間ではあったが、弥一郎も流浪(るろう)の日々を送っている。この裏店ほどではないにしても、似たりよったりの場所に、いたことがあるのではないだろうか。

はじめこそ驚いたものの、片隅に積みあげられた質素な布団や、畳の汚れを気にする様子はなかった。

「おそらく父上が、弥一郎殿の話をしていたのではないかと、おれは思うておる。午前に使いを出したその夜、すぐに目通りをお許しいただいたではないか。父上の働きかけがあればこそよ」

「はい」

「このうえは、早々(そうそう)に慶次郎殿の葬儀を執(と)り行うのが宜(よろ)しかろうと存ずる。まあ、早々にと言うても、大茶湯が控えているゆえ、すぐにとはいかぬがな。大茶湯が終わった後、父上と一緒に執り行うつもりだが、いかがでござろうか」

隼之助の申し出に、弥一郎は小さく息を呑む。

「まことでございますか」

許されるのだろうか、という恐れが眸（め）にあった。母親の富子は、多聞を殺（あや）めた下手人。さらに弟は鬼役配下のお庭番を殺めた下手人。弥一郎が御膳奉行の役目を継げたこと自体、信じられない話だった。

「そこが武家のおもしろさよ」

隼之助は皮肉めいた口調になる。

「悪（あ）しき風習だと思うていたが、考えようによっては、役に立たなくもない。此度は利用させてもらうのが、得策ではあるまいか」

富子と慶次郎は、病（やまい）届けを出して、受理されていた。敢えて真実を告げる必要はないし、告げたいとも思わない。弥一郎も異論を唱えるはずがなかった。

「それがしに異存はござりませぬ。おまかせいたします」

「大茶湯の支度はいかがでござろうか。佐賀藩からは、参加する旨、使いが来たであろうか。思い悩んでいるのか、いまだ知らせが来ておらぬゆえ、いささか気になっていたところよ」

「参加するとの知らせが参りました。なにしろ初めてのことでござりますゆえ、ご老中に伺いながらとなっておりまするが」

弥一郎は言葉を切って、言い淀んでいる。

「なにかわからぬことでもござったか」

「は。招待客の中に、薩摩藩の名が見あたりませんでした。大藩の薩摩藩をお招きしないのは、なにゆえでござりましょうか」

いかにも弥一郎らしい問いかけといえた。自他ともに認める大藩が、大御所の敵とは考えもしないのだろう。そういう点においては、まだまだ勉強不足かもしれなかった。

「薩摩藩には、謀叛の噂がある」

簡潔に告げた。

「謀叛の噂」

弥一郎は解せない様子だった。隼之助はあらためて、今までの経緯を説明する。

大御所家斉と将軍家慶の対立、侍と商人の戦、天下商人、天下商人の号を授けた大店から大御所には御用金が届けられている。謀叛を企てる者の名が記された連判状、真偽のほどは定かではないものの、連判状は大御所の手に渡った。

「…………」

弥一郎は絶句していた。番町の屋敷を授けられたときのことが甦ったのかもしれない。木藤家の跡継ぎとして認められたと思った日、それに相応しい華やかな祝いの宴。みひらかれた眸の奥に、隼之助は弥一郎の栄光を視ていた。

これで自分は木藤家の惣領と浮かれていた間に、江戸の町ではなにが起きていたのか。蚊帳の外に置かれていたとも知らず、いい気になって若党を連れ歩いていた。お飾りの跡継ぎだったのを、露呈したようなものだった。

「愚かでござった」

絞り出すように言った。

「それがしと慶次郎の愚かさが招いた結果でござる。父上は、隼之助殿とそれがしを、学びの旅に誘うてくれたものを」

呻くような呟きには、時すでに遅しの悔恨がこめられていた。隼之助と弥一郎は、多聞の供をして、一年のうちの半分ほど旅に出ることがあった。しかし、弥一郎は途中でそれを投げ出している。おれは嫡男だという驕りによる愚行であるのはあきらか。

「昔を悔やんでも仕方がない」

隼之助の慰めに、弥一郎は目をあげた。

「なれど」

「言うたではないか、助けてほしいと。おれには弥一郎殿の助けが必要なのだ。今、潜入している〈山菱屋〉もまた天下商人の号を切望しているように思えなくもない。

鬼役との関わりを口にしたとたん、尾行けられたからな」

軽く言ったが、

「尾行けられた」

弥一郎はさっと顔色を変えた。

「うむ。佐賀藩の抱屋敷を訪ねた後、ここに戻って来たのだが、抱屋敷を出たときから、尾行けられていた」

「鬼役の頭だと気づかれたのでござるか」

「いや、そこまでは思うておるまい。よもや頭が自ら潜入役を務めるとは、考えてもいないだろうからな。なれど、鬼役の配下だと確信したのは間違いない。罠やもしれぬが、佐賀藩の用人と〈山菱屋〉に、配下だと示さねばならなかった」

「敢えて申しあげます」

弥一郎は語気を強めた。

「申されよ」

「は。大茶湯の披露目において、それがしが二つの役目を引き受ける、つまり、御膳奉行と鬼役を継ぐと、宣言するのはいかがでござろうか」

「なに？」

思わず訊き返している。義弟の眼差しには、一点のくもりもなかった。敢えて申し出たそれは、隼之助を慮(おもんぱか)ってのことに違いない。

四

「囮(おとり)役になると申されるか」

念のために問いかけた。将右衛門あたりが聞けば、鬼役の座も狙うているのかと怒るかもしれないが、弥一郎の考えは明白だった。

「は」

一文字の答えが、頼もしく感じられた。誤解を承知のうえの申し出であるのは確かだろう。「敢えて」と告げた部分に、隼之助への思いやりが表れている。囮役は引き受けるゆえ、自由に動いてほしい。大御所家斉に仇(あだ)なす者、鬼役と膳之五家(ぜんのごけ)を潰(つぶ)そうとする者を急ぎ、始末しなければならない。それを弥一郎もわかっていた。

とはいえ、両手(もろて)を挙げてとはいかない話だ。あらたな鬼役が決まったとなれば、刺客(しかく)が放たれるのは間違いない。

「危険な役目だ」

躊躇(ためら)うと、すぐに応じた。

「承知のうえです」

固い決意が見て取れた。薩摩藩はむろんのこと、将軍派のお庭番たちも今ひとつ信頼できない。さらに闇師の金吾を頭とするハグレの一群からも目が離せなかった。特にハグレは不気味な存在である。

金吾を思い出すと、隼之助は、なぜか悪寒(おかん)に襲われるようになっていた。

「弥一郎殿のお命は、われらが守る」

隼之助は断言した。

「大船に乗った気持ちでおられるがよい」

「信じております」

爽やかな笑顔を見せる。心に涼風が吹きこむような、邪心のない笑みだった。つられるように笑った隼之助は、弥一郎の小さな仕草に目を留める。ちらりと外を気にするような素振りを見せた。

「いかがなされた」

「あ、いえ。もうひとり、隼之助殿に逢(お)うてほしい者がおりまして」

万之助、と呼んだにもかかわらず、入って来たのは若い娘だった。事前に話をしていたのだろう。年は十六、七。人目を引くような美人ではないが、やさしげな面差しをしている。ふんわりとした雰囲気が、波留に似ていると思った。

「弥一郎殿」

呼びかけた声が、自分でもわかるほどに弾んでいた。雪也ほど色恋の道に通じていないが、察しが悪い方ではない。

弥一郎は頬を染めて紹介した。

「藤田里美でござる。お分かりと思いまするが、万之助の娘であり、小四郎の妹でござる。それがしを……支えてくれ申した」

荊の道を歩いたとき、そばにいてくれた人。なにもかも失った後も離れなかった人。藤田親子はまさにそれだろう。一瞬、隼之助は浪人の二文字を浮かべたが、すぐに打ち消した。

——おれとしたことが家柄を気にするとは。

苦笑をどう思ったのか、

「隼之助殿？」

弥一郎の顔に不安が漂った。

「なんでもござらぬ。目出度い話だと思いました次第。なれど、すぐに祝言をあげるわけには……」

「承知しております」

覆い被せるように言った。

「万之助たちにも異存はござらぬ。頃合いを見て、内々に式を執り行えればと思うております。それがしは二度目でござるが、里美は初めての祝言でござりますゆえ、せめて式だけでもと思いまして」

弥一郎にしては珍しい軽口が出る。だが、事態は緊迫している。笑い返せるほど余裕のある状況ではなかった。

「披露目をしたとたん、耳目が集まるは必定。番町の屋敷には、すでにお庭番を配したが、数を増やさねばならぬ。里美殿であったか」

隼之助が目を向けると、里美は恥ずかしそうに頷いた。

「はい」

初々しい姿が、また波留に重なる。里美は弥一郎と同じように頬を染めていた。隼之助は父親のような気持ちになっている。

「里美殿には、しばらくの間、小石川の屋敷に来てもらいたい。義母上より色々と学ばれるのが宜しかろうと存ずる。お庭番というのは、いささか常とは異なる世界。彼の者たちの信頼を得ぬことには、弥一郎殿の暮らしが成り立たぬゆえ」

「お気遣い、ありがたく存じます。どこまでやれるかわかりませぬが、一生懸命、務める覚悟にございます」

　幼さの残る顔は、眩しいほどだった。義母の花江にも似ていると思った後、「もしや」と別の目出度い話が浮かんだ。里美も身籠もっているのではないだろうか。しかし、そんな真似をするのは不粋と思い、集中するのはやめた。

「明日からでも小石川の屋敷においでなされよ。少しの間、弥一郎殿とは離ればなれになるがな。仲を裂くようでしのびないが」

「失礼いたします」

　才蔵の呼びかけで、弥一郎は腰をあげた。

「それがしはご免つかまつる」

「弥一郎殿。言うまでもないことだろうが、まめに連絡を取ってくれぬか。配したお庭番を遠慮なく使うてくれ」

「承知いたした」

　出て行く弥一郎と里美を、才蔵は、辞儀とともに見送った。鋭い小頭の目にも、弥一郎の変化は衝撃的だったのかもしれない。

「憑きものが落ちたような、という表現は、今の弥一郎様を指す言葉ですね。すっきりした良いお顔をしておいででした」

呟きながら戸を閉めた。里美のことは、特に問いかけない。手を洗って、すぐに茶の支度を始める。竈の火はまだ落としていなかった。

「お加代から連絡はないか」

おそるおそるの問いかけが出た。連絡があるのは、加代たち女衆の潜入先に波留がいなかったとき。金吾や薩摩藩を懸念した隼之助は、そういう段取りをつけていた。ゆえに連絡が来た時点で、希望は絶望へと変わる。

「まだありません」

「そうか」

安堵する反面、見つけていないのかもしれないという不安が湧いた。結局のところ、波留は江戸にはいないのではないか。最悪の場合、すでにこの世にいないことも……。

表情を読んだに違いない。

「加代たちは、隼之助様の命を守っているのでしょう。波留様の警護役に付いているのではないかと存じます」

小頭から心を読んだような言葉が出た。欠けた湯飲みに茶を淹れて、座敷にあがって来る。目を合わせないようにしているような雰囲気があった。ここ数日、才蔵は同じような態度を取り続けている。

——闇師の金吾のことか？

隼之助は気づかぬふりをして、茶を喫（の）んだ。

舌に広がる独特の風味、甘さと渋みがうまく混じり合っている。全身にやわらかな感覚が広がり、心地よい安らぎに包まれた。

「嬉野茶か」

「せっかくでございますゆえ、今一度、味おうていただくのが宜しいかと」

「佐賀藩の抱屋敷の会談は、才蔵さんに伝わっているか」

岸田龍右衛門と話した折、床下にはいつものように配下が潜んでいた。訊くまでもないことだったが、念のために問いかけている。

「はい。隼之助様の答えを聞き、廊下に控えていた岸田様の家臣と思（おぼ）しきひとりが、屋敷から立ち去った由。尾行（つ）けさせております」

「行った先が、薩摩藩となれば、佐賀藩との関わりがあきらかになる。なれど薩摩藩は、佐賀藩の藩邸に、出城（でじろ）をもうけているやもしれぬな」

「あくまでも佐賀藩士を装うために、でございますね」

「そうだ。おれは黒幕は薩摩藩だと思うている。佐賀藩と御用商人の〈山菱屋〉は、弱みを握られてしまい、見世を乗っ取られる寸前なのではないか、とな، 思うておる次第よ。〈蒼井屋〉を真似たようなやり方も、斉興様らしゅう思えなくもない」

皮肉たっぷりに告げた。黒幕は薩摩藩、乗っ取られかけているのは佐賀藩と〈山菱屋〉。助けを求めたいのだろうが、見張り役が張りついている状態ではままならない。

それが隼之助の推測だった。

「御内儀の比佐子はどうだ。不忍池で密会した男は、佐賀藩の藩邸に消えたという話だったが……岸田龍右衛門ではないのか」

「岸田様の顔を知っている者に確かめさせましたが、違うとの答えでした。なれど装いから見て、上級藩士であるのは確かであろうと。こちらも調べさせております」

「できれば、岸田龍右衛門と〈山菱屋〉にこれを」

と、隼之助は懐から短刀の柄を覗かせた。

「示したかったのだが」

「まだ早すぎると思います。罠やもしれませぬゆえ」

才蔵も慎重だった。乗っ取り劇は芝居であり、佐賀藩は鬼役を始末しようとしているのではないか。もちろん絵図を描いたのは、薩摩藩だろうが、なんらかの恩を感じている佐賀藩が、自ら名乗り出た可能性もある。

「梶野殿の盟友については調べたか」

別の話を振った。ハグレ狩りに遭って命を落としたという梶野左太郎の盟友。偽りだとは思えないが、話を有利に進めるための策ということも考えられた。意表を衝き、相手が呑まれた隙に手早く話を終わらせる。

多聞もよく使った策だった。

「死んだのは事実のようですが、病死として届けられておりました」

予想どおりの答えに、つくづくお庭番を束ねるむずかしさを覚えている。似顔絵付きの人別帳を作ったところで、ハグレを完全に消し去るのは不可能だろう。左太郎は恐怖の人別帳と言っていたが、ある程度の効果しか期待できなかった。

「真実は常に闇の中か」

呟いて、問いかける。

「この間から、ちと気になっているのだ。闇師の金吾のことだが、まだなにか隠しているのではないか」

ぴくりと才蔵の頰が動いた。左太郎に代表されるように、隼之助の並外れた力をもってしても、お庭番の表情は読みにくい。その中にあって才蔵は、比較的、わかりやすい男だった。

「おれは解せぬのよ。なにゆえ、父上がハグレの存在を教えなんだのか。おれが鬼役を継ぐまでに、始末するつもりだったのやもしれぬがな。遺された御膳帳には、ひと言も記されておらなんだ。却っておかしいであろう。そうは思わぬか？」

「…………」

才蔵は下唇を噛みしめている。さらに問いかけようとしたとき、

「隼之助」

戸が開いた。雪也が姿を見せる。色男の顔は、いつもより緊張していた。

「なにかあったのか」

「今、そこで配下のひとりに会うたのだが、岸田龍右衛門が動いた由」

雪也の言葉が終わらないうちに、配下が後ろから顔を覗かせる。

「本所緑町の仕舞た屋に行きました。勇雄が張りついております」

「今更、逢瀬の誘いとは」

隼之助の呟きを、才蔵が受けた。

「罠です」

「そうかもしれぬが、受けぬわけにはいくまい」

岸田龍右衛門が仕える佐賀藩は、敵なのか味方なのか。背後にちらつく薩摩藩の黒い影を、どうしても打ち消せない。

「行くぞ」

隼之助は言った。

五

竪川の北岸に位置する本所緑町は、片側町で、一丁目から五丁目がある。裏手に広がるのは武家地であるため、一歩、裏道に入ると、恐ろしいほどの闇と静寂に覆われる区域だった。

河岸沿いには、一膳飯屋や居酒屋などが軒を連ねている。開け放したままの戸から、うすぼんやりした明かりとざわめきが洩れていた。

「招かざる客が集まり始めたようです」

配下の報告に、隼之助は頷き返した。

「来たか」

手には、忍び刀を握りしめている。遅れて来た将右衛門と伊三郎が加わって、総勢二十名の鬼役部隊となっていた。岸田が借りた仕舞た屋だけが、他の見世と違い、明かりを点けていなかった。仕舞た屋の周囲は静まり返っている。

「寝てしもうたのではないか」

将右衛門が囁いた。

「おぬしではあるまいし、と、お頭様には言われそうだがの」

慌て気味に言い添える。

「自分で訊いて、自分で答えるところが、将右衛門らしいと言えなくもない。禅問答だと思っておこう」

鬼役部隊は、武家屋敷に続く路地に潜み、仕舞た屋の様子を窺っている。半分ほどの配下は、武家屋敷の屋根から見張っていた。

「明かりが」

才蔵の言葉で、仕舞た屋に視線を戻した。会話が聞こえたわけではないだろうが、行灯らしき明かりが腰高障子の向こうに見えた。

「女です」

武家屋敷の屋根にいた勇雄が告げる。

「船から降りて、こちらに来ました。あれは、もしかすると」

「〈山菱屋〉の御内儀か？」

隼之助は先んじて言った。

「はい」

勇雄の応えとほぼ同時に、女の姿がとらえられた。素顔を堂々と曝(さら)した比佐子が歩いて来る。青白い月の光のせいだろうか。臈(ろう)たけた顔は、凄(すご)みがあるほどの美しさを放っている。一瞬、ぞくりときた。

同じことを感じたに違いない。

「妖(あやかし)のようじゃ」

ごくりと将右衛門が唾(つば)を呑む。その音がやけに大きく感じられた。周囲を確かめることもなく、比佐子は仕舞た屋に消える。

「岸田の相手もしているわけか」

雪也の呟きには、羨望(せんぼう)とかすかな侮蔑(ぶべつ)があった。美人の御内儀と一度はと思いつつも、不忍池の密会を思い浮かべずにはいられないのだろう。整った横顔には、複雑な思いが見え隠れしていた。

「はたして、御内儀の意思なのか」

隼之助は疑問をいだいている。

「堂々としすぎているように思えなくもない。どうとでもなれと、諦めているのではあるまいか。雰囲気が主の嘉助に似ているな」

謳うように小林一茶の変句を告げた嘉助。

〝蓮咲くや一つの鉢に花二つ〟

〝二番芽も楽しからざる茶の木哉〟

耳を傾けていた伊三郎が、

「渇いた句だ」

ぼそっと言った。貧苦に喘いだ小林一茶に、我が身をなぞらえるあたりが、屈折した嘉助の気持ちを示していると言いたいのかもしれない。

「それも男の肌にふれれば、濡れそぼるというものよ」

将右衛門は、またもや唾を呑みこんでいる。正しい理解ではなかったが、指摘する余裕はなかった。

「お頭」

別の屋根にいた良助が、警告の呼びかけを発した。隼之助の左右には、雪也と将右衛門。後ろには伊三郎が付いている。躊躇うことなく、武家屋敷の方に向かった。屋根にいた配下も、飛び移りながら付いて来る。

「来た」

隼之助の声と同時に、前方の闇から数人が出現した。集まり始めていたことは、すでに知らせを受けている。屋根でも待ちかまえていたのだろう、頭上では早くも刃鳴りがひびいている。突き出された忍び刀を、隼之助はいきおいよく忍び刀で弾き返した。

「う」

その男の腹に、すかさず雪也が刀を食いこませる。道幅が狭いことは、互いにとって不利ではあるが、有利にも働いた。体当たりするようにして迫ったひとりを、隼之助は寸前でかわした。腰を落とした刹那、

「はっ」

背後の伊三郎が刀を振り降ろした。なまあたたかい血が、隼之助の頭上に飛び散る。頭から臍のあたりまで切り裂かれた男は、叫び声をあげる暇もなく、斃れる。屍を乗り越えて、さらに進んだ。

「いるぞ」

四つ角の手前で、隼之助は立ち止まる。左右にいた雪也と将右衛門が前に出た。雪也は忍び刀を受け止めながら、器用に搦め捕る。得物を失った男に真っ向斬りを叩き

つけた。将右衛門もまたひとりの忍び刀を弾き返して、深く踏みこむ。

ずんっと重い衝撃音がひびいた。

「死ね」

武家屋敷の屋根からも、幾つかの影が舞い降りる。良助たちに斬られたのだろう、中にはすでに傷を負っている者もいた。なまあたたかい風には、血の臭いが交じっている。さらに二人を仕留めて、隼之助は命じた。

「ひとりは生け捕りにしろ」

吐かないことはわかっている。が、うまくやれば転ぶかもしれない。敵の正体をよりはっきりさせるための策だった。

「あらてです」

才蔵が言い、隼之助の前に出ようとした。布陣を変えて守ろうとしたのだが、そうはさせじと隼之助は敵に躍りかかる。忍び刀を操ろうとした二人を、続けざまに斬り捨てた。目にも止まらぬ速さは、伊三郎との鍛錬によるもの。稽古相手の若き剣鬼も負けていなかった。

「ふん！」

と、気合いがひびく度、亡骸が増える。ただならぬ気配を察したのだろう、近くの武家屋敷の潜り戸が開いた。

「鬼役だ」

すかさず才蔵が叫んだ。伊三郎に斬られた男が助けを求めるように一歩、近づいた。あまりにも見事すぎて、斬られたことに気づかなかったのだろうか。次の瞬間、身体が真っ二つに裂けていた。脳天から股間まで切り裂かれていた。

「………」

肝が冷えたに違いない。なにも応えることなく、武家屋敷の男は潜り戸を閉めた。左右に武家屋敷が続く路地には、いたるところに無惨な亡骸が転がっている。血の臭気がいっそう濃くなっていた。

――金吾の配下か？

隼之助はつい闇師の頭を探している。父の御膳帳には、いっさい記されていなかったハグレ。話すのを躊躇っていた才蔵。なにを隠しているのか。いやな胸騒ぎが、次第に強くなっている。

「お頭」

不意に頭上から良助が舞い降りた。屋根から隼之助に飛びかかった男を、忍び刀で食い止める。金吾に気持ちを向けたその一瞬を衝かれていた。隼之助は通り過ぎざま、良助が食い止めた男の脇腹(わきばら)を切り裂く。

「集中しろ」

雪也が代弁するように告げた。応える間もなく、次の刺客が襲いかかる。隼之助は真上に飛びあがって、忍び刀を避(よ)けた。助走もせずに真上に飛翔(ひしょう)したのである。標的を失った男を、後ろに控えていた伊三郎が真っ向斬りで始末した。

恐ろしい衝撃音とともに、男の身体が左右に分かれる。

「小頭。連中が弓矢を……」

勇雄の警告は間に合わない。

近くにいた配下の胸を矢がつらぬいた。

六

「散!」

隼之助の号令とともに、鬼役部隊は散った。屋根の上にあらてが出現している。それぞれが弓矢を構えていた。

「疲れたところを仕留める策か」

　隼之助の決断は早かった。塀に飛びあがった後、屋根に飛び移る。才蔵と良助がぴたりと後ろに付いていた。二人いたうちのひとりが、慌てて弓を構える。が、射る前に、隼之助は喉を切り裂いていた。

「ちっ」

　もうひとりは隣の屋根に移ったが、

「ぐぁ」

　先まわりしていた才蔵が腹を突き刺した。仲間を殺められて、鬼役部隊は殺気立っている。しかし、他の屋根にいた射手も退かなかった。続けざまに矢を射る。隼之助は軽くかわして、ふたたび飛び移った。

　その間も路地には、屍が増え続けている。いつものように伊三郎が、鬼神のごとき剣さばきを披露していた。

「殺せ」

「小頭だ」

　ひとりが伊三郎を狙い、もうひとりが隼之助に矢を射かける。足場の悪い屋根の上でも、鬼役部隊は怯まない。常日頃から鍛錬を積んでいる。隼之助が避ける隙に、才蔵がひとりの後ろにまわった。良助もまたもうひとりの後ろを取っている。ほとんど同時に二人は、敵の後頭部に忍び刀を突き立てた。

「う……」

ひとりは呻き声らしきものを洩らしたが、もうひとりは声すらあげられない。倒れたとたん、二人の敵は屋根から転げ落ちて行った。

「隼之助」

路地から雪也が叫んだ。

「闇師の頭だ、金吾がいる」

「なに？」

隼之助は軽やかに飛び降りた。そこへ二本の刃がのびる。弾き返して、ひとりの喉を切った。もうひとりが忍び刀を突き出そうとしたが、隼之助の方が速い。右袈裟斬りを叩きつけた。

忍び刀だったが、長さの足りないところは速さで補った。血飛沫をあげながら、男は仰向けに斃れる。

——どこにいる？

隼之助は路地に目を走らせた。その後ろに音もなく才蔵と良助が降り立った。前方では雪也が刃を交えている。が、金吾らしき人影は見あたらない。突き出される忍び刀を防ぎながら、雪也に近づいた。

「隼之助」

ふと目を逸らした盟友に、横から男が襲いかかる。脇腹に食いこみかけた刃を、隼之助が受け止めた。雪也は一瞬の隙をのがさない。背後から左袈裟斬りをお見舞いする。のけぞった男を押しのけるようにして、隼之助は雪也と背中合わせになった。

「間違いないか」

「金吾だった」

「どこに……」

会話は最後まで続けられない。繰り出された一撃を、右にかわして、背後にまわりこむ。相手が振り向く前に、背中をつらぬいた。

「こっちじゃ、隼之助」

反対方向から将右衛門の呼びかけが聞こえた。盟友たちは塩問屋〈山科屋〉の護衛役を務めたため、何度も金吾に会っている。見間違えるわけがないと思いながらも、この目で見るまでは信じられない。

——なぜ、今宵はお出ましになったのか。

疑念が湧いていた。血腥い騒ぎと深い関わりを持ちつつも、今までは金吾自身が戦いに身を投じることはなかった。あらたな罠が仕掛けられているのではないか。警戒心を胸に刃鳴りの中を突き進む。

「伊三郎殿」

四つ角で伊三郎が、金吾と対峙していた。二人の周囲にはだれも近寄らない、いや、近寄れなかったのだろう、奇妙な空白が生まれていた。伊三郎はいったん刀を収めて、腰を低くしている。居合いの構えであるのは言うまでもない。対する金吾は、忍び刀より短めの短刀を右手に握りしめていた。

「退いてくれ」

言うが早いか隼之助は、金吾に躍りかかった。伊三郎は幽鬼のごとく、さがる。隼之助が突き出した脇差を、金吾は巧みに避けた。年はいくつなのだろう。五十は過ぎているはずだが、動きは若い配下のそれだった。

「あのお侍にやらせりゃいいものを」

かわしながら、せせら笑っていた。おまえには斃せない、無理だと嘲笑していた。

熱くなりかけた気持ちを、懸命に落ち着かせる。

「おまえを仕留めるのは、おれだ」

「よかろう」

金吾が攻めに転じた。短刀を握りしめた右手が、心ノ臓(しんのぞう)を狙って動いた。隼之助は直前まで引きつけて、避ける。ゆらり、ゆらりと影のようにかわし続けた。周囲の音が消える、目に映るのは、金吾の姿のみ。動きが鮮明に視(み)えていた。

対する金吾もまた年に似合わぬ技を見せつける。隼之助が右と思った瞬間には、金吾の身体が移動していた。左と思い浮かべただけで、またもや素早くかわされる。心を読まれているような感じだった。

——不思議だ。

隼之助は、なんとも言えない気持ちを覚えている。まるで己(おのれ)と戦っているように思えた。以心伝心どころではない。金吾の動きも手に取るようにわかった。技を繰り出す前に、右、左と相手の動きが閃(ひらめ)くのである。

もはや周囲の戦いは、完全に消え失(う)せていた。目に映るのは金吾だけであり、それは己自身でもあった。敵であるはずなのに、親(ちか)しいものを覚えている。初めて塩問屋に潜入したときも、祖父への思慕のような感情が湧いたが……。

——甘いことを考えるな。

乱れがちな集中力を懸命に奮い立たせる。闇師の金吾は、鬼役の敵。相容(あいい)れない存在だと言い聞かせた。

「はぁっ」

わざと声をあげ、威嚇(いかく)の一撃を叩きつけた。同時に金吾も短刀を繰り出している。隼之助の脇差と、金吾の短刀が鈍い激突音をたてた。ほとんど同時に二人とも飛びさがる。その動きもまるで同じだった。

戦えば戦うほど、刃を交えれば交えるほどに、寸分の狂いもない動きになる。いまや隼之助は金吾であり、金吾は隼之助だった。薄気味悪いほど酷似している。しかし、戦い続けていれば、疲れが出るのは自明の理。金吾は流石に息があがり始めていた。動きに乱れが生じる。

焦りが出たのだろう、

「ちぃっ」

金吾が深く踏みこむ。隼之助はいち早く右に避けた、ふりをして、左にかわした。一瞬、標的を見失い、金吾の右手が止まる。するりと影のように、隼之助は標的の横に迫った。目にも止まらぬ速さで、金吾の短刀を叩き落としている。

脇腹に刃を食いこませようとしたそのとき、

「伯父御(おじご)を殺すか」

金吾が言った。

「え？」

愚かにも隼之助は棒立ちになる。信じられない言葉を聞き、一瞬、金縛り状態になっていた。ひゅんっと矢音が空を切る。生き残っていた射手が屋根に立ち、いっせいに隼之助を狙ったのである。

「隼之助様っ」

間一髪、才蔵に突き飛ばされた。飛来した矢の一本が、才蔵の肩に突き刺さる。隼之助は狼狽えた。

「才蔵！」

駆けつけようとした頭上にふたたび矢が飛来する。刹那、伊三郎が神業を披露した。まさに矢が届く瞬間、叩き落としていた。薙ぎ払ったようにしか見えないが、矢は一本も届いていない。伊三郎の守りがなければ、隼之助は才蔵ともども射抜かれていたに違いなかった。

金吾が不意を衝き、屋根の射手が隼之助を狙い撃つ。

それこそが、金吾の策だったのだ。

「くっ」

体勢を立て直したときには、金吾の姿は消えていた。頭がいなくなるのが、撤退の合図だったのだろう。配下のハグレも消えている。

路地に残されたのは無惨な屍。

〝伯父御を殺すか〟

金吾の問いかけが、何度もひびいていた。

第七章　隼（はやぶさ）

一

「闇師の金吾は」

才蔵が重い口を開いた。

「木藤様の兄君です」

年は多聞より五歳上で、五十歳。腹違いでもなければ、胤（たね）違いでもない。父は前（さき）の隼之助であり、母は隼之助の奥方だった。

「金吾も……隼之助様のお母上、登和様を想うていたとか」

多聞と金吾、どちらが先に惚れたのか、はたまた登和の方は二人をどう想っていたのか。三人にしかわからないことだろう。あるいは登和の気持ちを知り、金吾が身を引いたことも考えられる。それなのに……。

「木藤様は富子様を女主として迎え入れたうえ、登和様は何者かに殺められてしまいました」

木藤家と北村家の間で取り決められた婚儀は、登和を木藤家から追いやっただけには留まらなかった。愛しい女の悲惨な最期を知ったとき、金吾は、どう思っただろう。

〝許さぬ〟

と復讐を誓ったかもしれない。隼之助が生まれた二十二年前、母の登和が死んだ年でもあるその年に、金吾はお庭番から抜けた。

「『鬼の舌』の持ち主だと言われておりました」

才蔵は、さらに衝撃的な話を告げた。鋭すぎる感覚は、ときに己自身をも追い詰める。隼之助も波留がそばにいてくれたからこそ、うまく折り合いをつけられた。大御所家斉に利用される苦悩を、穏やかに得心させてくれたのもまた愛しい女だった。

「登和様の仇討ち、だったようにも思えなくもありません」

そう呟いて、続けた。

「隼之助様を本気で殺そうと思っていたわけではないと思います。そうであるならば、鉄砲を使ったはずですから」

「では、なぜ、かような真似をしたのか」

隼之助の問いかけに、

「伯父だと名乗りをあげたかったのかもしれません。血の繋がりがあることを知らせたかったのかも……いえ、これはあくまでも、わたしの考えですが」

才蔵は躊躇いながら答えた。

隼之助と血の繋がりがあった闇師の金吾。多聞にしてみれば、内々に始末したい相手だったに違いない。

隼之助に伝えなかった、いや、伝えられなかったところに、父の苦悩が表れている。多聞と富子の不仲を利用して、鬼役はいいように引っ掻きまわされた感がある。御家断絶になりかねない騒ぎといえた。

木藤家の深い、深い闇。

それこそが、金吾だった。


そして、六月一日。

西の丸において、大茶湯(おおちゃのゆ)のときを迎えた。

大御所家斉(いえなり)の居城——西の丸の総建坪は、六五七四坪。西側に山里を配して、北西側には紅葉山が幕府の威容を誇るように広がっている。その向こうには道灌堀、さらに道灌堀をはさんだ場所には、吹上御殿という広大な敷地を誇る保養地を有していた。

まずは西の丸白書院の大広間で、大御所家斉が諸藩の挨拶を受け、西の丸の再建を祝った。毎月、一日は大名家の月次登城日。大茶湯に招かれた大名家は、御城に登城して将軍家慶に挨拶した後、西の丸に足を向けている。なかなか複雑な心持ちであることが、藩主たちの顔に浮かびあがっていた。

将軍派か、大御所派か。

御家騒動の火種は消えていなかった。

「晴天に恵まれたのは幸いじゃ」

家斉の機嫌は、今日の天気のように上々だった。大広間の上段の間から、ぐるりと大名たちを見まわしている。

中段の間や下段の間には、大名が勢揃いしていた。烏帽子の盛装にしなかったのは、茶の湯を楽しんでほしいという、家斉なりの気遣いだったが……本丸の月次登城に用いた裃を着るわけにはいかない。着替えを携えての登城は楽ではなかっただろう。

――水嶋殿。

隼之助は、波留の父親、水嶋福右衛門に会釈して、隣に座した。白書院の廊下に控えているのは、膳之五家の当主たち。横目で福右衛門を見る。少し見ない間に、十も老けたように思えた。波留のことが喉まで出かかったが呑みこむ。

いずれにしても、ここからが正念場だった。

「木藤弥一郎。これへ」

御取合役の西の丸老中、本庄伯耆守宗発が、中段の間に控えていた弥一郎を呼んだ。隼之助は廊下から見守っている。

「ははっ」

弥一郎は、宗発の隣に進み出て、畏まる。暑苦しい裃姿さえ、涼やかに纏っていた。男でも惚れぼれするほどの晴れ姿だった。

——弥一郎殿には、華がある。

素直に認められた。木藤家の表の御役目、御膳奉行には、弥一郎こそが相応しいと、あらためて感じている。

「木藤家の嫡男、木藤弥一郎じゃ」

家斉が告げたとたん、大広間には、小さなざわめきが広がった。過日、内々の呼び出しにおいては、隼之助があらたな鬼役であると披露している。そのとき同席していたのは、薩摩藩に与する大名ばかりだったため、今日は招かれていない。しかし、

噂はすでに広まっていたのだろう、

「御膳奉行と鬼役を兼ねる、ということであろうか」

「鬼役は……違うのではないか」

ちらちらと、廊下に座した隼之助に目を走らせていた。当初、家斉は弥一郎を木藤家の当主に据えることに関して、あまりいい顔をしなかった。『鬼の舌』を諸藩に見せつけたかったのかもしれない。

隼之助が何度も西の丸に足を運び、寵愛を受けている香坂伊三郎の口添えによって、ようやく今日の運びになっていた。

――あとは、弥一郎殿にまかせるがよし、だな。

大茶湯を取り仕切るのは、鬼役の務め。隼之助は大名たちの視線を避けるようにして、大広間の廊下から辞した。茶席は全部で二十席、もうけられることになっていた。西側に広がる山里は広大であり、もっと多くの茶席をしつらえられたが、警護のことを考えた場合、二十席が限界の数だった。

「終わったか」

控えの間に行き、確認した。雪也や将右衛門、香坂伊三郎、配下のお庭番たちが集まっている。みな今朝方まで茶席の設置に従事していた。もちろん膳之五家も普請役に加わっていたが、ここ数日は不眠不休という日が続いている。わずかでも仮眠を取れるよう、用意した座敷だった。

「どうにかな。終わらせた」

雪也が答える。隣に手枕で横たわっていた将右衛門が、むくりと起きあがった。

「気に入らぬ」

ぼそっと呟いた。

「木藤家の当主のことか」

隼之助は先んじて言った。つい笑っている。

「なんじゃ、その笑いは」

「いや、必ずや将右衛門が口にするだろうと思うていたのでな。そのとおりだったゆえ、可笑しくなった次第よ」

「お頭様はお見通しか。では、多くを告げる必要はあるまい。弥一郎殿が木藤家乗っ取りを企んでいるのはあきらか。鬼役の座まで明け渡してしまうとは、人が好いにもほどがあるわ」

「弥一郎殿にかような野心はない。それに遅かれ早かれ、おれは退くつもりだ。堅苦しい裃の世界よりも、〈だるまや〉の商いが合うているゆえ」

家斉が逝去すれば、鬼役と膳之五家は消え去るのではないかと、隼之助は思っていた。仮に続いたとしても花江が産む弟がいる。鬼役はその弟に託して、気楽な市井の暮らしに身を投じたかった。

「やけを起こしているのか、はたまた諦めか」

首を振って、将右衛門は立ちあがる。そろそろ支度をしなければならない。才蔵が配下を伴って姿を見せた。

「休んでいろと言うたではないか」

隼之助はつい強い口調になっていた。矢は幸いにも急所をそれたが、今も相当、痛むはずだ。大茶湯への参加はやめるよう、申し渡しておいたものを……。

「小頭がいないと、われらは動けませぬ」

良助が訴えた。

「良助。かようなことを言うてはならぬ」

隼之助の言葉に、若き配下はすぐさま詫びた。

「申し訳ありませぬ」

「固いことを言うでない。われらも才蔵がおらねば、心細うてならぬのじゃ。晴れやかな場に出ただけで、憶えた茶の湯の諸事が消えてしまうのではないか、とな。不安に陥る始末よ」

「われらではない、おぬしだけだ、将右衛門」

と、雪也。

「うむ」

珍しく将右衛門は言い返さなかった。額に浮かんだ冷や汗が、緊張のほどを示している。今からこれでどうするのかと、隼之助は呆れた。

「大丈夫か？」

「案ずるな。わたしが常に付いておるゆえ」

請け負った雪也が、「そういえば」と話を変えた。

「将軍派のお庭番、肝煎役の梶野左太郎殿からは、此度は合力できぬという返事があったとか」

「そういうことだ。手打ち式も先延ばしされている。なかなか思うようにはいかぬな」

「ひとつ、ひとつ進むしかあるまいさ。では、将右衛門。支度しようではないか。裃姿は動きにくいが、大御所様の御前では、勝手は言えぬ。おぬしは大男ゆえ、目立つからな。いっそう気をつけねばならぬ」

雪也は励ますように友の肩を叩いた。それでも将右衛門は不安げだったが、ここまできたら、覚悟を決めてもらうしかない。

「おれは先に行っているからな」

隼之助は廊下に出て、庭に降りる。

二

闇師の金吾は、あの後、なりを潜めていた。何事もなく大茶湯を迎えていたが、今日、現れることも充分、考えられる。

〝客に気づかれぬよう、始末せい〟

家斉は数日前、隼之助を呼んで、命じた。

〝向こうにとっては、このうえない好機じゃが、それはこちらにとっても同じこと。この機をのがすわけにはいかぬ。客に刺客をもぐりこませて、余をなきものにしようと企んでおるやもしれぬが、返り討ちにしてくれるわ〟

囮役を買って出た点は、弥一郎に似ているかもしれない。両名ともに危ないが、特に家斉は今日が命日になる可能性もあった。西の丸再建の折、諸藩は多額の小判を納めたが、この大茶湯の前にも賄賂(わいろ)や袖(そで)の下を届けている。金、金、金と、異様に執着(しゅうちゃく)する大御所に、辟易(へきえき)している面もあるのではないだろうか。

――さらに権力の座への執着も尋常ではない。

隼之助は、冷静に状況を読んでいる。将軍と大御所時代を含めた在位は、五十年を超えようとしていた。堰(せ)き止められた川は流れを失い、淀(よど)むばかり。家慶が実権を執るときが、近づいているように思えた。

「隼之助様」

才蔵が隣に来る。

「佐賀藩と〈山菱屋(やまびしや)〉は来たか」

お庭番同士の、唇だけ動かす会話に切り替えた。

「はい」

「主の嘉助は『嬉野茶(うれしのちゃ)と一心同体』と繰り返していたが、そう見せかけているだけなのか、はたまた真実なのか」

真の黒幕は薩摩藩だろうと、隼之助は考えている。鬼役が塩問屋を乗っ取ったように、〈山菱屋〉の乗っ取りを企んでいるのではないか。〈山菱屋〉の古株の奉公人は、薩摩藩の勘定方であるように思えてならなかった。

主の嘉助が淹れた茶は、『愛と哀』を伝えていた。御内儀の比佐子は、夜の接待役を命じられているのかもしれない。比佐子に右腕を摑まれたとき、底なし沼のような闇に吸いこまれそうになった。

夫婦ともに苦しんでいるのは間違いない。

「嘉助夫婦を、早く救い出してやりたい」

声になった呟きに、すぐさま異論があがる。

「なれど、佐賀藩の岸田龍右衛門は、鬼役に罠を仕掛けました。闇師の頭と手を組み、隼之助様をなきものにしようとしたのは確かです」

本所緑町の仕舞た屋で、岸田はだれかを待っていた。現れたのは、〈山菱屋〉の御内儀の比佐子。男女の仲になっているのだろうか。

「罠だとわかっていた」

お庭番同士の会話に戻した。

「わたしも、いやな胸騒ぎがしておりました。闇師の頭が現れたときに、やはり、と思うた次第です」

「すまぬ。才蔵のお陰で命拾いした」

「これがわれらの務め。礼など要りません。翌日の朝、岸田龍右衛門と比佐子は、仕舞た屋をあとにいたしました。命じられて動いたのかもしれませんが」

語尾に疑惑が強く浮かびあがっていた。佐賀藩が〈山菱屋〉の乗っ取りを企んでいるのか。それとも薩摩藩が、佐賀藩ともども〈山菱屋〉を手中に収めるつもりなのか。

「フェートン号の騒ぎと、佐賀藩の前藩主、斉直様の急逝が、関わっているように思えてならぬ」

すでに何度も、盟友たちや配下には話していた。薩摩藩に将軍家慶への取りなしを頼んだであろう佐賀藩。ついでに薩摩藩の江戸家老あたりが、こう囁いたかもしれない。

〝邪魔者を片付けるのも引き受けまするぞ〟と。

現藩主の直正は、与り知らぬことかもしれないが、目の上の瘤だった実父が死に、やりやすくなったのは確かだろう。薩摩藩にしても肝煎役ぐらいでは、思うように佐賀藩を操れまい。

ゆえに、と、隼之助は考えた。

佐賀藩の前藩主、斉直を薩摩藩の刺客が暗殺したのではないか？

「そこにつけこまれたのやもしれぬ」

「〈山菱屋〉は、なにゆえ、巻きこまれたのでしょうか。佐賀藩の御用商人が、藩同士の騒ぎに巻きこまれたのはなぜでしょうか。いささか腑に落ちませぬ」

「御内儀の美しさが、仇になったのではあるまいか。薩摩藩の上級藩士、肝煎役を引き受けた江戸家老あたりが、御内儀を見初めてしまった」

　無理難題を申しつけるのは、上級藩士や上級旗本の常。夜の接待を命じられてしまい、主の嘉助は放蕩三昧となる。外に安囲いの愛妾を持ち、酒に溺れて、商いは大番頭まかせ。だが、近頃は真面目に見世に出るようになっていた。

　隼之助に希望の光を見出したのかもしれない。

「佐賀藩の抱屋敷における会談のとき」

　才蔵が遠慮がちに口にした。

「隼之助様によれば、岸田龍右衛門は、何度も廊下に控える家臣を見やっていたとか。鬼役の配下だとあきらかになった時点で、二人控えていたうちのひとりが消えました。尾行けた配下の知らせによれば、藩士が消えたのは、やはり、佐賀藩の藩邸です」

　ゆえに、黒幕は佐賀藩ではないのかと、才蔵は訴えていた。気を許してはならない。流れは佐賀藩こそが黒幕と、示しているではないか。

「以前も言うたと思うが、薩摩藩は、佐賀藩の藩邸に出城を持っているのやもしれぬ」

「佐賀藩が黒幕だと見せかけるために、でございますか」

「うむ。あとひとつ、決め手があれば」

隼之助は懐の短刀を握りしめた。黒幕が薩摩藩だとわかれば、岸田龍右衛門と〈山菱屋〉の主——嘉助に、鬼役であることを告げられる。しかし、今の状況では決断できなかった。佐賀藩が黒幕という説を覆すだけの証がない。

「お加代の方はどうだ」

さりげなく話を変えたつもりだったが、顔に緊張が表れたのか。

「いまだ連絡はございませぬ」

才蔵は声に出して、答えた。

「表立った合力こそ断られたものの、梶野様は密かにお力添えくださいました。隼之助様のお気持ちに、なにか感じるものがあったのではないかと存じます。梶野様の力添えを得て、本丸の例の場所にも、われらの女衆を何人か配しました。加代は西の丸の方に潜りこんだようですが、連絡がないのは良き流れではないかと」

これも声に出して告げた。

「そう、か」

連絡がないのは、吉兆の証と信じたい。大茶湯を終えた後に、波留が待っていると思いたかった。

「いざ出陣」

気合いをこめる。

真実をつかむための大茶湯となっていた。

三

「さてさて、余の茶席は、舌だけではのうて、目と心も楽しませる茶席よ。存分に味おうてもらおうではないか」

家斉は、自らが亭主となって茶を点てている。四畳半の茶室の隣に、六畳間をもうけていた。典型的な草庵であり、外観はさほど目を引くものではない。

が、六畳間に並べられた道具は、目をみはるような大名物や名物ばかりだった。赤楽茶碗の銘は『無一物』、黒楽茶碗は『大黒』と『ムキ栗』、茶入の『蛙』は、古田織部が愛用した道具として知られていた。掛け軸もまた『稲之図』や墨蹟の『臨済四喝』、釜は利休が所持していたとされる『天命糸目釜』、花入は『砧青磁笋花入』などなど、大御所の力を誇示する道具が勢揃いしていた。

「『御道具ぞろえ』でござりまするな」

大名のひとりが、六畳間の前に立ち、露地から道具を観賞していた。どの茶席も障子や躙口は閉めておらず、戸を開け放している。御道具ぞろえは今日で言う展覧会のことだが、大御所が催す茶会であるため、当然、他の客の道具はそれより目立ってはいけないとされていた。

準備の大変さはそこにある。

大茶湯の参加者からは、連日連夜、お伺いがひきもきらなかった。家斉以上の道具は持って行けないが、さりとて粗末すぎれば、自分たちの沽券にかかわる。その兼ね合いがむずかしく、直接、道具を見に来てくれぬかと、大名家から持ちかけられもした。まさに忙殺されながらの大茶湯となっている。

「『天命糸目釜』は、もとは提灯釜だった品を直したものだと、耳にした憶えがござる。まことでござろうか」

件の大名が訊いた。隼之助は家斉の茶室の前に立ち、見張り役と警護役を兼ねている。本当は弥一郎に頼みたかったのだが、大御所に命じられて、そばに張りつかざるをえなくなっていた。むろん茶室に座した家斉の後ろには、小姓役に扮した伊三郎が控えている。彼の者ひとりだけでも、十人分の遣い手に相当するだろう。不安は少ないものの、油断はできなかった。

「は。提灯釜を直したものゆえ、小振りなのではないかと存じます」

答えながら、怠りなく目を配っていた。山里のあちこちにしつらえられた茶席では、すでに亭主が茶を点て、客が訪れている。商人は〈山菱屋〉と、やはり茶問屋を営む大店の主がひとり、参加を許されていた。そのため、町人の姿も見える。

大名は奥方、町人は女房や娘を伴い、もてなしたり、訪れたりという図が広がっていた。振り袖姿の姫様や娘たちが、いっそう華やぎを添えている。浅草の奥山の繁華な雰囲気をそのままにして、高級な〝絵〟に仕上げたような賑わいぶりを見せていた。

多少、蒸し暑くなっているが、今のところ、滞りなく進んでいる。むろん、いたるところにお庭番と膳之五家が配されて、見張り役と護衛役に務めているのは言うまでもない。

「それがし、かねてより思うていたのでござるが」

若い侍が口を挟んだ。件の大名の小姓役かもしれない。いちおう無礼講という触れこみがなされている。家斉や主と思しき大名は、特になにも言わなかった。

「千利休の考えとされるわび、とは、さて、どうとらえればよいものやら。わかりかねておりまする」

「答えよ」

即座に、隣室の四畳半にいた家斉が命じた。隼之助に対する命であることを、両の眼にこめていた。四畳半で家斉の点前を頂戴していた大名も、こちらに向き直っている。さて、どう答えるかと、好奇の目を向けていた。

「は。わび、とは、もともと思い煩う、果なく思うというような意味を持つ『わぶ』なる語が、いつの間にか使われるようになったとされておりまする。侘言はぐちの意味であり、侘声は思いわびて出す声のことであった由」

「ぐちでござるか」

若い侍は意外そうな顔になる。この男が刺客にならないとも限らない。客のふりをして雪也やお庭番が、さりげなく集まって来た。

「いかにも。なれど、足利将軍の頃になりますると、著しく違う意味を持つ『わぶ』が顕れてきたとか。この頃から、むしろうらびれた境遇に、風流なものを見出そうとするようになったのではないかと」

「ははぁ、うらびれた境遇」

わかったような、わからないような表情をしていた。

「は。京の竜安寺の石庭や、大徳寺塔頭の大仙院の枯山水といった場は、かような流れから生まれたものではないかと存じまする」

隼之助はひと息、吐いて、言った。

「そこに遊ぶ人は、いつしか沼の底に沈んだような、幽邃な景に引きこまれて、おのずと己の心の内面を、見つめようとする思いにかられるやもしれませぬ」

「それでは」

さらに問いかけようとしたが、流石に非礼と思ったのか。

「いいかげんにせぬか」

主らしき大名が制した。

「よいではないか。本日は、茶の湯を知らぬ者が、茶の湯に親しむための催しでもあるのじゃ」

笑って、家斉がふたたび命じた。

「隼之助」

ひときわ大きな声になったのは、『鬼役の隼之助』を知らしめるためだったかもしれない。大名と若侍の表情が変わった。

〝この男が、『鬼の舌』を持つ真の鬼役か〟

向けられた目には、好奇と畏怖が浮かびあがっている。家斉は得意げだったが、隼之助はあまり歓迎できなかった。できるだけ顔を知られたくないと思っているのに、これでは喧伝しているようなものではないか。

しかし、不満は押し隠して、答えた。

「お訊ねがあれば、なんなりと仰せくださりませ」

「は」

若侍は畏まる。

「此度、大御所様がもうけられた茶室は、四畳半の広さでござる。草庵茶室は四畳半をもとにしているとか。四畳半より狭い茶室を小間、広い茶室を広間と呼ぶことぐらいは、それがしも存じておりまするが、なにゆえ四畳半なのでござろうか」

興味津々の眼差しを向けていた。茶室の問いかけは表向き、その実、頭の中は『鬼の舌』への疑問であふれ返っているに違いない。いささか無遠慮すぎる視線だった。

「まことかどうかはわかりませぬが」

隼之助は前置きして、言った。

「足利将軍の時代、鴨長明が出家し、隠遁著述の暮らしを送ったのが、方丈、つまり、一丈四方の庵であったとされております。この一丈こそが、四畳半の広さであると」

「なるほど」

若侍は、大きく頷（うなず）いた。

「それでは」

と、またもや問いかけが出そうになる。

「さて、隼之助よ。木藤家の茶席に案内してもらおうか」

今度は家斉が遮って、立ちあがった。

「は」

隼之助は、恭（うやうや）しく一礼する。

目の端に艶（あで）やかな振り袖が映っていた。金糸銀糸で彩られた着物は、参加した妻女たちの中でも、ひときわ目立っている。それを纏（まと）っているのは、御取合役の西の丸老中、本庄伯耆守宗発の孫娘。

香苗（かなえ）は隼之助に、熱い眼差（まなざ）しを注いでいた。

四

木藤家の茶席は、葭垣（よしがき）で周囲を囲い、台に三畳の畳を敷いただけの質素な造りだった。左隣には佐賀藩、そして、佐賀藩の隣には、〈山菱屋〉の茶席が並んでいる。木藤家を含む三軒の背後には、それぞれの家紋が入った陣幕が張られていた。他の茶席の後ろにもうけられているのは板塀なのだが、その違いに気づいている者がいるかどうか。

木藤家の茶席の場合、目を引くのは、一間半の朱塗りの大傘だろう。日除け代わりの傘が、そのまま粋なしつらえになっていた。

また囲い茶席の脇では、松葉を燻べており、そこに釜を載せて湯を沸かしている。松葉の薫りが湯に移って、えもいわれぬ味わいになるのだった。

「ほっほぅ、これは、これは」

家斉は愉しげに目を細めていた。最上級の機嫌のよさであることを、隼之助はすでに知っている。亭主の役目を務めるのは、木藤弥一郎。少し緊張しているようだったが、そつなく挨拶をこなして、茶を点てた。

「変わった茶碗じゃのう」

茶を喫んだ家斉は、しげしげと掌の中の茶碗に見入っていた。問いかけの眼差しを、釜の近くに控えていた隼之助に投げる。あくまでも木藤家の正嫡は、隼之助なのだと示していた。

「タミテにございます」

隼之助は答えた後、目顔で弥一郎に続きを促した。

「濃みてとも称しますが、素焼きの土器に金泥を塗った茶碗にございます。土器という日々の暮らしに使われる茶碗が、金をまとうことによって、ハレの器になるさまを、大御所様にお見せいたしたく思いました次第。さらに大名物や名物を用いるのは、畏れ多いと思いまして、兄上と相談したうえで決めました」

兄上の部分で声が大きくなる。己の立場はよく弁えていると、弥一郎なりに告げていたが、大御所はさして気に留めなかったかもしれない。

「これは土器か?」

と、ふたたび茶碗を眺めていた。家斉がいるので当然かもしれないが、いつの間にか質素な茶席には、大勢の人が集まっている。宗発と孫娘の香苗が、最前列でやりとりを見守っていた。

「は」

弥一郎が短く応じる。

「見事じゃ。心構えといい、このしつらえといい、本日一の冥加やもしれぬ。松葉を燻べた茶釜の湯には、独特の風味が移るの。以前、隼之助に、蛤は松葉で焼くのが、一番、美味（うま）いと聞いた憶えがある」

「それがしも初めて知ったのでござりますが、この茶の淹れ方は『こがし』と呼ばれているとか」

　視線で今度は弥一郎が、隼之助を指した。手柄を独り占めするつもりはないと告げていたが、気遣い無用と腹の中でのみ応えた。家斉の策にうまうまと嵌（は）められてはならない。苦々しい思いを噛（か）みしめていたが、これまた態度には出さなかった。

「やはり、隼之助の考えか」

　大御所は満足げだった。

「褒美（ほうび）を取らせる。これを」

　懐から白い扇子を出して、弥一郎に渡した。隼之助贔屓（びいき）とはいえ、ここで隼之助に渡すわけにはいかない。家斉もわかっていた。

「ははっ、お褒めに与りまして恐悦至極（きょうえつしごく）。ありがたき幸せに存じます」

　恭しく受け取るや、

「大御所様」

　宗発が小声で呼びかけた。

「香苗も『こがし』を味わいたいと言うております」

「おお、さようか。余は邪魔じゃな」

すぐに席を譲って、草履を履いた。家斉に付き随(したが)うのは、隼之助の役目と、あらかじめ打ち合わせでは決めている。隼之助は次の茶席に移ろうとしたが、

「わたくしは、隼之助様に点てていただきとう存じます」

香苗がきっぱりと言った。

――かような段取りを整えていたか。

家斉と宗発の考えであるのは間違いない。老爺(ろうや)たちは隼之助と香苗の祝言を、まだ諦めていないのだろう。ふたたび問いかけの目を投げた弥一郎に、不承不承、頷き返した。隼之助は手を洗って、口を濯(すす)ぎ、三畳間にあがる。

その間に家斉は、次の茶席に移っていた。相変わらず伊三郎が、影のように付いている。頼もしい友の後ろ姿を見ることによって、なかば強引に仰せつかった亭主役の不満を抑えつけた。

「おひさしゅうございます」

深々と辞儀をした香苗に、隼之助も辞儀を返した。

「息災(そくさい)のご様子、なによりでござる」

なるべく目を合わせないようにしている。祖父の宗発も三畳間にあがって、香苗の

後ろに控えていた。鬼役としては、のんびり茶を点てていられない。早く終わらせようと気が急いていた。

それが顔に出たのか、

「いえ、床についておりました」

香苗は意表を衝く答えを口にした。

「え？」

いやでも隼之助は目を合わせている。が、香苗は唇を固く結んで答えない。横から宗発が告げた。

「『こがし』でござる」

松葉を燻べている釜を右手で指した。隼之助に恋焦がれていたという意味だろう。ときに畏れられる老中も、目の中に入れても痛くない孫娘を前にすると、ただの好々爺。かなり無理をして笑みを押しあげている。愛想笑いに慣れていないのか、どこかぎこちない笑みだった。

「味おうていただきたく存じます」

隼之助はさらりとかわした。この場面を波留に見られたら、と、生真面目なことを考えている。誤解されるは必定、合わせる顔がない。やはり、さっさと終わらせるがよしと判断した。

家斉の護衛役は、伊三郎にまかせたのか。雪也と将右衛門も客に交じって、見物していた。多くの視線が茶を点てる隼之助の手元に注がれている。

すっと茶碗を置いた。

「頂戴いたします」

香苗が手に取って、作法どおりに喫む。年は確か十六のはずだが、所作のひとつひとつが美しかった。落ち着き払っている。風向きが変わったのかもしれない。ふわりと蓮花の薫りが漂った。

この時期になると、波留が用いた練香だが、香苗も同じ練香を使うのだろう。胸の奥深く封じこめている想いが、噴き出しそうになった。

——やはり、手の形が、波留殿に似ている。

愛しい女のことを思い浮かべていた。過日、香苗と見合いさせられた折にも、似たようなことを考えた。

背丈が波留と同じぐらいだ、手の形が似ている、うなじの美しさもまたよく似ている、などなど、懸命に似ている部分を探して、突然の見合いに対する後ろめたさをごまかした。確かに木藤家にとっては良縁かもしれないが、隼之助もまた諦めていなかった。

――お加代が必ずや『外待雨（ほまちあめ）』を運んでくれる。

あまりいい表現に使われない『外待雨』を、敢（あ）えて待ちのぞむのは、凶事を吉事に変えたいから。座を立ちたくなる衝動を、かろうじて抑（おさ）えこんでいた。

「けっこうなお点前でございました」

香苗の言葉が終わるやいなや、

「おそれながら申しあげます」

不意に雪也が声をあげた。

「それがしも、木藤家の茶席をお借りして、香苗様に点前を披露いたしたく存じまするが、いかがでござろうか」

隼之助を慮（おもんぱか）ってのことか、はたまた好色心（すき）と出世欲が動いたか。裃姿の雪也は、弥一郎に負けないほどの美丈夫（びじょうふ）。香苗の頬（ほお）が、ほんのり桜色に染まる。自分で告げるのは、はしたないと思ったに違いない、

「おじい様」

答えを宗発にゆだねた。

「本日は無礼講。一服、馳走（ちそう）していただくがよい」

「はい」

香苗の返事で隼之助は、座敷にあがって来た雪也と席を入れ替わる。ふだんなら皮肉のひとつも言うところだが、今日は感謝の気持ちしかない。

——お守り役は、頼んだぞ。

盟友の肩を叩いて、隣の茶席に移った。

五

隣の佐賀藩の茶室は、三畳間に円窓床の付いた簡素な造りになっていた。建てるまでに日にちがなかったため、どの茶室も広くて四畳半だったが、ここは床に円い窓をもうけたところが変わっている。

「一服、馳走いたしたく存じます」

出迎えた岸田龍右衛門は、隼之助の目を見て告げた。後ろに張られた陣幕に、佐賀藩の家紋、蘘荷丸がくっきりと浮かびあがっている。蘘荷丸が黒幕なのか、それとも丸に十文字の薩摩藩か。

過日の騒ぎにおいては、佐賀藩が黒幕であり、〈山菱屋〉に自藩の藩士を潜入させて、乗っ取りを企んでいるように見えた。隼之助は意図的に、佐賀藩と〈山菱屋〉の茶席を大御所の隣に配している。

危険だからこそ、近くに置いて、見張る。

そう考えたからだった。

証となるかどうかはわからないが、抱屋敷において行われた隼之助と岸田の会談を、廊下で見ていた二人の藩士の顔も見えた。十人ほどの家臣が茶室のまわりに控えている。もしかすると、全員が刺客という可能性もあった。

〝わしも同席しよう〟

とでも言うように、将右衛門が腕を摑んだが、外で待つよう手で示した。

「頂戴いたします」

隼之助は応じて、岸田のあとに続いた。躙口（にじりぐち）から中に入る。一日の移り変わりを示す円窓からは、張られた障子を通して、やわらかな光が差しこんでいた。炉は向切（むこうぎり）で隅に一重棚を吊っている。

茶入は古瀬戸らしき二つの肩衝（かたつき）茶入、無銘かもしれない。隼之助は見憶えがなかった。水指も銘はなさそうな品だったが、丸く肩の張った棗形（なつめがた）が、茶入とよく合っている。そして、茶碗は二つ、置かれていた。

両方とも高麗茶碗で、数寄心あふれる茶人たちが、柿の蔕と称した茶碗だった。返してみれば高台が、赤茶色に焼き締まって、柿の萼そのものであるのが見て取れるだろう。手に取るまでもなく銘が浮かんだ。

「『毘沙門堂』でござい ますするか」

まずは切り回しの強いひと碗の銘を口にする。

「さよう。古武士のごとき風格をたたえていると思いまして、僭越ながら、それがしが選びました次第」

答えて岸田は、『毘沙門堂』ではないもうひとつの茶碗を、ついと前に出した。

「こちらの茶碗は、いかがでござろうか」

小振りの茶碗は、淡黄色から赤褐色の膚に、うっすらと青灰色も生じて、釉に変化を見せている。きりりと小気味のよい風情は、まさに銘のごとし。いかにも敏き者の風情を漂わせていた。

「『隼』ですか」

念のための言葉が出た。己の名を冠した茶碗を、ここに持って来た真意を汲み取ろうとしていた。隼之助に対する訴えであるのは確かだろう。

いやでも集中力が高まっていた。

「いかにも『隼』でござる。茶の湯の世界において『隼』は、利口、気が利いているといった意味を持つ語。御身にぴったりだと思いまして、さる大名家より、お借りして参りました。『毘沙門堂』のような、ずしりとした重さはござらぬが、品格は負けておらぬと思います次第」

称賛には、苦笑いを返すしかなかった。『隼』を持ちあげる真意は、どこにあるのか。いっそう気を張り詰めている。

「この二つの茶碗で、濃茶と薄茶を馳走いたしたく存ずる。通常は一刻（二時間）ほど必要な茶席でござるが、此度はかような時がござりませぬ。手短に点てたいと存じますするが、宜しゅうござるか」

岸田の提案に、頷いた。

「は」

茶事を催す際、濃茶を美味しく頂くために、懐石料理を摂るのが作法とされている。まずはお腹をととのえてから茶を頂くのだが、客たちはあらかじめ軽い中食を摂っていた。二つの茶碗と二つの茶入は、二度、点前をするという意味だったのだろう。特に異存はなかった。

「では」

岸田は最初に『隼』の茶碗を取る。

「………」

隼之助は驚きを覚えたが、口には出さない。そのまま岸田は『隼』の茶碗で濃茶を点て始めた。横顔の鬢には、白髪が交じっている。岸田もまた不眠不休で茶席のしつらえにあたっていた。疲れているはずだが、心をこめて一碗の茶を練っている。その気持ち、岸田の想いが、全身に表れていた。

岸田は無言で『隼』を置いた。

「頂戴いたします」

作法通りに、隼之助は喫む。

刹那、『舌』に痛みが広がった。だれかに対する怒りと苛立ち、いや、それは己に対してのものだったかもしれない。ぐわぁっと大波のような激しい怒りに包まれた。

〝違う！〟

と、点てた茶が叫んでいた。用いられているのは、〈山菱屋〉が一心同体と告げた嬉野茶。佐賀藩で造られている茶は、二つの『あい』も甦らせる。〈山菱屋〉の主の嘉助は『愛と哀』の狭間にいる。用人の岸田もそれを察していた。

御内儀の比佐子が、なにをさせられているか。意に反して岸田は、比佐子と一夜を過ごしたかのような芝居を演じさせられた。ゆえに茶が叫んでいた。

〝違う、違う！〟と。

「けっこうなお点前でございました」

隼之助が『隼』を置く間もなく、岸田は『毘沙門堂』で薄茶を点て始めた。二度目の所作を見て、能の嗜みがあるのかもしれないと思った。能と茶が渾然一体となって、点前の品格を高めている。

「どうぞ」

置かれた『毘沙門堂』を、隼之助は手に取る。一服目ほどの衝撃はなかったが、やはり、強い怒りと苛立ちが感じられた。と同時に間違いなく薄茶で点てたことを確かめている。用意された二つの茶碗は、それぞれ濃茶と薄茶を点てるのに適した茶碗だったが……。

──『隼』で濃茶、『毘沙門堂』で薄茶か。

岸田ほどの茶人が過ちを犯すわけがない。『隼』を使い、敢えてこの点て方をしたのは間違いなかった。

「妙味をとらえ申した」

隼之助は言った。曖昧な表現になったが、岸田は目を逸らさなかった。

「さようでござるか」

「これにてご免つかまつります」

躙口から外に出る。そこには将右衛門が待ち構えていた。一服、盛られるのではと懸念していたのかもしれない。

「無事か」

小声で問いかけたが、

「憶えているか」

隼之助は、逆に問いかける。

「なにをじゃ」

「茶碗には、濃茶が合う茶碗と、薄茶が合う茶碗があると言うたことよ」

「憶えておるわ。碾茶にも濃茶用の碾茶と、薄茶用の碾茶があると言うたこともな」

「それは重畳。なれど、此度は反対だった」

「なに？」

「ゆえに」

隼之助は動いた。近くにいた二人の藩士に、雷光のような突きを食いこませる。鳩尾を打たれた二人は、呻き声をあげる暇もない。崩れ落ちかけたひとりを、隼之助は素早く支えた。と同時に呼びかけている。

「将右衛門」

「心得た」

もうひとりは将右衛門が支えた。状況を呑みこめているとは思えないが、とにかく従っていた。

「いかがなされた。しっかりなされよ」

隼之助は芝居気たっぷりに、茶席の背後に張っておいた陣幕の中に二人を運びこむ。そこには、配下のお庭番たちが控えていた。

六

木藤家と佐賀藩、そして、〈山菱屋〉の後ろに張られた陣幕は、板塀で四角く囲われた空間に繋がっていた。ぐるりと板塀で囲い、木藤家を含む三家の背後だけには陣幕を張っている。武道場ほどの広さが、もうけられていた。

密かに『会談場』と名付けた場所に、最初の二人を運びこんだ。弥一郎には素知らぬ顔を決めこむよう、事前に話している。始まったなと思っているかもしれないが、入って来ることはなかった。

「お頭」

良助に抱えていた男を託すや、隼之助は、裃を脱ぎ捨てた。佐賀藩の隣には、〈山菱屋〉の陣幕が張られている。同じように裃を脱ぎ捨てた将右衛門ともども、〈山菱屋〉の陣幕をくぐり抜けた。

「ご免」

茶席の背後に出ると、古株らしき男に当て身をくらわせた。これまた右に倣(なら)えで将右衛門も、ひとりを失神させる。なにが起きたかわからないうちに、あらたな二人を会談場に運び入れた。先の二人はすでに縛りあげられている。

異変に気づいたのだろう、

「何事でございますか」

〈山菱屋〉の奉公人が陣幕をくぐり抜けて来た。ただならぬ様子に小さく息を呑む。隼之助が問いかける前に、懐から短刀を抜いた。

「薩摩藩の者か」

それでも念のために訊いたが、男は答えない。突き出した短刀を、隼之助は手刀で打ち落とした。配下が押さえつけようとしたとたん、男はぐぅっと呻き声をあげる。

舌を嚙み切っていた。

「次は猿轡を咬ませるようにしろ」

隼之助は命じて、ふたたび〈山菱屋〉の茶席に戻ろうとした。が、ひとり、二人と陣幕から飛びこんで来る。佐賀藩の茶席からも刺客が現れた。みな手には刀や脇差、短刀などの得物を握りしめている。

「ひとり残らず捕らえよ」

言うが早いか、隼之助は疾風と化した。相手は名乗りをあげていないが、自ら戦いの場に臨んだそれこそが証。振り降ろされた刀を、両手でしっかと受け止めた。刃を挟みこみながら、軽くひねりあげる。技に負けて、男の手から刀の柄が離れた。男はすかさず脇差を抜こうとしたが、それより早く配下が飛びかかる。ひとりが猿轡、ひとりが縄をかけ、隅の方に連れて行った。

「隼之助殿」

やや遅れて伊三郎が入って来る。『はやちの伊三郎』の顔と名は、知れわたっているのだろう。さっと会談場の空気が緊張した。右蜻蛉の構えを取った二人を、伊三郎が平然と迎え撃つ。伊三郎も右蜻蛉の構えを取った。

両者はじりじりと間合いを詰める。

伊三郎はひとり、相手は二人。しかも野太刀示現流の相当な遣い手であるのが見て取れる。圧倒的に不利な戦いに見えたが、伊三郎は稽古のような顔をしていた。同時に動いた二人のうちのひとりを右蜻蛉で仕留める。打ちこまれた別のひとりの右蜻蛉を、すかさず弾き返していた。地を這うような低い姿勢のまま相手の腹をつらぬく。

勝負は一瞬で決まった。

「あ……」

小さな呻き声を洩らして、男は絶命する。二人の技が特に劣っているわけではない。伊三郎は軒下から一滴、雫がしたたるうちに三度、抜き放つという神業の持ち主。伊三郎が速すぎるだけだった。

返り血を浴びないのも技のひとつだろうか。ふだんは気にしないだろうが、今日は晴れの日。血で穢すのを憚っていた。

「伊三郎殿は、大御所様のそばに」

隼之助が告げると、伊三郎はすぐさま陣幕の向こうに消えた。ここに目を引きつけているうちに、家斉を暗殺する。それこそが敵の企みということも考えられた。雪也の姿が見えないため、おそらく雪也が付いているだろうが、いささか心許ない。伊三郎の守りを確かめて、残党の始末に取りかかる。

敵は背中合わせになって、円く陣形を取っていた。総勢二十人ほどだろうか。佐賀藩の藩士と〈山菱屋〉の古株の奉公人が、ごく自然に合力している。

これで確信した。

「敵は佐賀藩にあらず、薩摩藩なり」

断じて、隼之助は躍りかかった。男が叩きつけた真っ向斬りを、軽くかわして、反撃に出る。深く踏みこみ、相手の懐に入った。

「ご免」

拳で鳩尾を打つ。あくまでも捕らえるのだと、頭の立場から示した。倒れた男を配下が縛りあげる。ひとり減る度に、円陣が小さくなっていった。いつの間にか雪也も加わっている。隼之助ほど手際はよくないものの、二人の盟友も確実に仕留めていた。

残るは、あと二人。

躊躇わずひとりは腹、もうひとりは喉を切ろうとしたが、そうはさせじと脇差を取りあげる。猿轡と縄をかけられて、観念したように座りこんだ。

「手応えがなさすぎるわ」

将右衛門が得意げに胸を反らした。

「遣い手は、すでに伊三郎殿が仕留めたからな」

隼之助の皮肉に、唇をへの字に引き結ぶ。茶席にまで血飛沫が四散するのは避けられたが、陣幕や板塀には戦いの跡が刻まれていた。しかし、騒ぎに気づいたのは、佐賀藩の用人と〈山菱屋〉の主ぐらいではないだろうか。

——大御所様の命は守れたやもしれぬ。

家斉の命令を思い出している。

〝客に気づかれぬよう、始末せい〟

あとは大茶湯が終わるのを待つばかり。隼之助は血の付いた着物や袴を、木藤家の裏手で着替えた。陣幕が揺れて、才蔵が入って来る。

「知らせが参りました」

そっと告げた。

「本丸の家慶様が、襲われたそうです」

「なに？」

本丸でも別の騒ぎが起きていたとは……。

「それで家慶様は」

隼之助は確認する。お庭番同士の会話に切り替えていた。

「ご無事だそうにござります。二人の刺客はその場で自害したとか」

「それこそが、目論見だったのやもしれぬ」

企てたのは大御所ではないのか。我が身を危険に曝しつつ、家慶の命を狙うとは

……隼之助は慄えた。

――恐ろしいお方よ。

下手をすれば、家斉自身も命を失っていたかもしれない。相討ちを狙ったわけではないだろうが、その覚悟はあっただろう。

徳川家の御家騒動には、果てなき闇のような、修羅の道が続いていた。

七

三日後。

「首尾は上々であったの」

家斉のお召しを受けて、隼之助は、西の丸の御座所を訪れていた。中奥まで入れるのは、側近中の側近のみ。廊下には香坂伊三郎も控えている。栄誉あるお召しとなっていた。

「お褒めを賜りまして、恐悦至極に存じます」

いつものように老中の本庄伯耆守宗発も同席していたが、挨拶をかわした後、早々と直答を許されている。畏まって次の言葉を待っていた。

「茶問屋の〈山菱屋〉には、天下商人の号を授ける」

「ははっ、主夫婦も喜ぶのではないかと存じます」

短い返事には、さまざまな思いがこめられていた。

いわば濡れ衣を着せられた形になった佐賀藩は、岸田龍右衛門の機転によって、隼之助に真実を伝えるに至った。

通常は『毘沙門堂』の銘を持つ茶碗で濃茶を馳走になり、最後の薄茶を『隼』で味わう流れになっている。むろん人それぞれかもしれないが、佐賀藩の中でも列びなき茶人と謳われる岸田であれば、間違っても『隼』で濃茶は点てないはず。敢えて反対に点てた理由を、隼之助は悟った。

佐賀藩が〈山菱屋〉を乗っ取ろうとしているのではない。〈山菱屋〉に潜入した何者かが、佐賀藩と〈山菱屋〉を乗っ取ろうとしているのだ、と。

「なにかわかったか」

家斉が訊いた。捕らえた者たちは吐いたか、という問いかけである。生け捕りにできたのは、まさに「首尾は上々」だが、そう簡単にはいかなかった。

「申し訳ございませぬ」

詫びるに留めた。為政者に細々とした話は伝えなくてもよいのだと、肌で感じ取っている。父の御膳帳に記されていないことは、自ら学び取っていくしかない。

「さようか」

頷いた家斉を、宗発が受ける。

「大御所様は、佐賀藩の騒ぎについても、案じておられる。此度の謀に関わっているのかいないのか。いかがじゃ」

「吟味の最中にござりますれば、ここでお答えするのは、差し控えさせていただきたく存じまする」

これまた明言を避けた。

〝当方にはいっさい関わりなきことに存ずる〟

昨日、評議所において、岸田龍右衛門はきっぱりと告げた。薩摩藩の家臣と思しき藩士を一掃できたのが嬉しかったのか、弥一郎の屋敷にたいそうな菓子を届けて来た。フェートン号騒動の不始末で、薩摩藩に肝煎役を頼んだのか、あるいは前藩主、斉直の急逝にも薩摩藩が関わっているのか。

それらについては、ひと言も口にしていない。

〝大御所様に、おとりなしいただきたく存じまする〟

今度は肝煎役を鬼役に託して、番町の屋敷を辞していた。佐賀藩はいちおう騒ぎが収束したかもしれないが、〈山菱屋〉の主夫婦はどうだろうか。

——もとの鞘に収まるのは、むずかしいやもしれぬ。

しかし、主の嘉助が愛妾の家をめぐる愚行は、収まっていると聞いていた。美しすぎる妻女の比佐子。それゆえに薩摩藩の家老あたりの目に留まってしまったのではないだろうか。比佐子の心を染めあげたあの深い、深い闇から、嘉助が救いあげてくれるのを祈るしかなかった。

『愛と哀』が、たったひとつの『愛』になるように……。

「おそれながら申しあげたき儀がございます」

隼之助は言った。

「申せ」

と、家斉。

「は。駿河の茶農家のことでございまするが、江戸において直売りをしたいと申し出ております。良い品を安く民に届けたいと願い出ておりますが、庄屋にも天下商人の号を与えて、茶の商いをさせてはいかがかと存じます」

公事宿(くじやど)に来た庄屋の久松は、いまだ在地には帰っていない。駿河の茶を宿の店先で飲ませながら、喧伝(けんでん)に努めていた。江戸に近い駿河もまた大御所と将軍との駆け引きが熾烈(しれつ)な場所。茶農家を支配下に置けるのは、悪い話ではないはずだ。

「駿河の茶農家か」

家斉は、とんとんと脇息(きょうそく)を叩いている。茶農家の直売りを許せば、江戸の茶問屋から不満の声があがるは必至。その兼ね合いがむずかしかった。が、駿河を手中に収められれば、さまざまな意味で利が生まれるのもまた必至であろう。すぐに返事が聞きたかったが、焦りは禁物と己に言い聞かせた。

「近いうちに詳しい調書(しらべがき)をお届けいたします」

隼之助の申し出に、「うむ」と頷き返した。多聞亡き今、家斉が頼りにするのは、鬼役と香坂伊三郎だろう。

「伊三郎。そちが斬り捨てた刺客は、薩摩藩の藩士だった由」

家斉は伊三郎に問いかけを投げる。

「は。なれど、彼の者たちは、すでに脱藩しており申した。もと薩摩藩士というだけでは、薩摩藩の詮議(せんぎ)はできぬのではないかと存じます」

「そちの仇は、仕留めたのか」

家斉にしては、踏みこんだ問いかけを発した。それだけ親しいものを伊三郎に感じているのかもしれない。

「残念ながら、それがしが仇と狙う者は、此度の騒ぎには加わっておりませぬ。ゆえにいっそうの警戒が必要ではないかと存じまする」

伊三郎は、相変わらず淡々としていた。妻女の村垣三郷を殺めたのは、かつて盟友であった薩摩藩士。野太刀示現流の遣い手を仕留めるべく、日夜、稽古に励んでいる。油断できない状況であるのは、鬼役も敵も同じだった。

「木藤隼之助」

家斉が視線を戻した。

「は」

「此度の活躍は見事であった。褒美をとらせて進ぜよう。なんなりと申すがよい」

鷹揚に告げた。すでに充分すぎるほどの黄金を賜っている。が、隼之助には黄金よりもほしいものがあった。

「大御所様に、ふたつ、お訊ねいたしたき儀がございます」

「なんじゃ」

「ひとつめは、『鬼の舌』のことにございます。いったい、なんなのでございましょうか。それがしはわかりかねておりまする」

「『鬼の舌』か」

家斉は呟いた。微妙な間が空いた。

「余の宝じゃ」

嚙みしめるように告げた。

「畏怖の道具とでも言えばよいかの。『鬼の舌』の話を広めるよう進言してくれたのは、前の隼之助じゃが、功を奏しておるわ。『もしや心も読めるのではないか』と、人は勝手に思うてくれるのじゃ。隼之助の名を口にするだけで、大名どもの顔色が変わる。まことにもって、よき宝よ」

しょせん道具のひとつだと、隼之助は受け止めていた。家斉にとっては、茶碗や掛け軸と変わらないのではないだろうか。ここまでは考えどおりだったが、確かめたいのはもうひとつの事柄だ。

「もうひとつ、お訊ねいたしたく思います」

「申せ」

「父がお預けした宝のことにございます。あれはそれがしの命よりも大切な宝。そろそろお返しいただけぬかと思いまして、お願いいたします次第」

普通に考えると奇妙な問いかけだったかもしれない。多聞からはなにも知らされていないうえ、御膳帳にも記されていなかった。

だが、隼之助は、宝の隠し場所は西の丸だと読んでいた。念のために将軍派のお庭番、梶野左太郎の助けを借りて、本丸にも配下の女衆を配している。しかし、お加代が潜入しているのは、西の丸だと聞いていた。

〝女子を隠すには女衆の中〟

という義母——花江の言葉によって、もたらされた閃き。家斉は応えない。しばし沈黙していたが、

「ふふ、ふはははははは」

いきなり笑い出した。

「さようか。命よりも大切な宝か」

「は」

「宗発。そちの孫娘は、袖にされてしもうたの」

「御意」

「よかろう、木藤隼之助。多聞より預かりし、そのほうの宝。返そうではないか」

「ははっ、ありがたき幸せ。なによりの褒美にござります」

隼之助は平伏しながら、胸が熱くなるのを覚えていた。多聞は冷たい父ではなかった。だれよりも隼之助の明日を考えてくれていた。

——父上。

ようやく宝が、我が手に戻る。

波留の行方を探し続けることで、父のまことを知り、父のまことを知ることで、明日への道が拓けた。

——波留殿。

隼之助は、愛しい宝の名を心の中で叫んでいた。

八

水嶋波留が拐かされた、いや、匿われていた場所とは……西の丸の大奥だった。

隼之助は念のため、梶野左太郎の助けを借りて、女衆を本丸の大奥にも配していたが、多聞が大御所の許しを得て、波留を隠したのは、西の丸の大奥だったのである。

——あの日。

波留は駕籠に揺られながら、木藤多聞と最後に話した日を思い出している。文で呼び出されたのは、見知らぬ旗本の屋敷だった。おそらく多聞の知己なのだろう。人が住んでいないのではないかと思うほど、屋敷は静まり返っていた。

「大御所様より、隼之助に縁談の話が参った。西の丸のご老中、本庄伯耆守様の孫娘、香苗様じゃ」

切り出された話は衝撃的だった。

「…………」

すぐには返事ができない。

「わたくしに身を引けと仰せですか」

ようやく発した問いかけは震えていた。

「いや」

多聞にしては珍しく躊躇いがちな答えが返る。

「波留殿のお心次第よ。ただし」

と、早口で継いだ。

「御身が隼之助の足枷になるは必定。人質に取られたときには、われらは思うように戦えぬ。しばらくの間、西の丸の大奥に隠れるのが宜しかろうと存ずる。隼之助やお庭番はむろんのこと、水嶋殿にも真実は伝えぬ。だれにも知らせずに、波留殿を西の丸の大奥に匿う所存でござる」

　この言葉はいつもどおりに断定的だった。

「それは……隼之助様のお考えですか」

「いや」

　ふたたび躊躇いがちの答えになる。

「隼之助は与り知らぬこと。なれど、わしは香苗様との婚儀を薦めなければならぬ。

大御所様のお申し出を断るのはすなわち」

「木藤家ばかりではのうて、膳之五家の明日が危うくなります」

　今度は波留が早口で継いだ。

「さよう」

と、多聞は安堵したような表情を見せた。流石は膳之五家の女、わかりが早くて助かるという感じだった。

「波留殿は死んだと、隼之助には告げる所存。話が広まれば御身を狙う刺客もいなくなるであろう。拐かされた武家の女子が取る道はひとつしかないゆえ」

　残酷な言葉が出た。

「自害せよと……」

「そうではない、そうではないが」

苦悩が滲んだ。こんなに表情を変える多聞を見るのは初めて。動揺ぶりが見て取れた。多聞も苦しんでいる、そう思ったとき、不思議に気持ちが落ち着いた。

「隼之助様に従います」

波留は告げた。膳之五家同士、あるいは大御所と将軍、さらにお庭番同士と、さまざまな対立と確執がある。女子の身では、細かい事柄までわからない。ゆえに隼之助の想いだけが、心の支えだった。

「大御所様の命には従わずばなるまい」

多聞は言葉を濁した。

「もし、隼之助様が、香苗様と祝言をあげられると言われたのであれば……わたくしは、そのまま西の丸の大奥にご奉公いたしたく存じます。幸いにも、いささか縫い物の心得がございますので」

「死んだことにして、でござるか」

問いかけには、隠しきれない驚きが表れていた。もとより波留は話が出た時点で、最悪の事態を考えている。

覚悟は決めていた。

「はい」

答えて、「なれど」と続ける。

「隼之助様が、香苗様とのご婚儀をお断りなされたときには」

「承知いたした」

覆い被せるように言った。隼之助が香苗との婚礼をきっぱり退けたときには、波留との婚礼を認めよう。そう告げていた。

しかし、多聞は立場上、本庄香苗との婚礼を最優先させるに違いない。目付の女でも鬼役にとっては過分な相手。それが老中の孫娘となれば、申し分なかった。

「これからすぐに西の丸へ向かってほしい」

有無を言わせぬ語調に、小さく頷き返した。

「承知いたしました」

「ひとつ、波留殿に訊ねたい」

「なんでございましょうか」

「隼之助のどこに惚れたのか」

皮肉っぽく唇をゆがめていた。『鬼の舌』の持ち主だからか。鬼役を継ぐのがはっきりしたからか。いっそ欲がらみの方が、よけいな悩みを持たなくてもすむ。多聞の複雑な心情が表れていた。

「隼之助様は」

遠慮がちな答えになった。

「わたくしに……まことを見せてくださるのです」

つまらない見栄を捨てた素（す）の隼之助。狼狽（うろた）えたり、涙ぐんだりと、隼之助はありのままの姿を見せた。

「それがなにより嬉しくて」

言い添えた呟きに、

「ふん」

多聞は鼻を鳴らした。

「昔、似たようなことを言うた女子がいた」

「え」

「これを」

と懐から出したのは、葵（あおい）の御紋が入った短刀。

「これは?」

「表の御役目、御膳奉行が懐に携える短刀じゃ。大御所様より賜りし短刀よ。隼之助が持つ龍の短刀と対になっておる。波留殿が祝言をあげることになった折には、御身より弥一郎に渡してくれぬか」

多聞なりの精一杯の気持ちだったのではないだろうか。隼之助と波留を、本当は一緒にさせてやりたい。だが、今はこの短刀を託すことぐらいしかできぬと、両の眸に想いをこめていた。

「お預かりいたします」

「不満だろうが、西の丸までの供は、わしが務める」

「いえ、不満などと」

「怨むなら、わしを怨め」

多聞は、なにもかもその身に引き受けて、逝った。信じるものは、互いの想いだけ。蚕が吐き出す繭の糸ほどに細い繋がりを、波留は信じ続けた。

——隼之助様。

葵の御紋が入った短刀を胸に抱きしめている。

未明に西の丸を出た駕籠は、すでに日本橋の馬喰町に差しかかっていた。道中の供を務めているのは、鬼役のお庭番の女衆。西の丸大奥のお末として潜入した女衆が、今も波留の護衛役を務めていた。

「幟が」

一部が簾になった戸を開けた。大名や夫人が用いるお忍駕籠を利用している。馬喰町の旅籠街には、色とりどりの幟がはためいていた。優曇華餅と屋号の絵を記した幟が、競い合うように立てられている。

「波留様。雨です」

供を務めていた加代が、弾んだ声をあげた。喜びを抑えきれない様子だった。

「きっと『外待雨』でございますね。お頭様は言うておられました。お加代が必ずや喜びの『外待雨』を運んでくれると」

「ええ、まことに、ええ、お加代のお陰です」

波留は、何度も頷き返した。〈船津屋〉の前で隼之助が待っていた。懸命に笑みを押しあげたが――。

あとはもう涙で見えなくなる。

二人の門出に相応しい船を描いた幟が、誇らしげに祝いの雨を受けていた。

あとがき

最終巻となりました。いかがだったでしょうか？

諸事情によって本も値上がりいたしました。文庫も良いお値段になってしまいましたが、期待を裏切らないシリーズであることをお約束いたします。主人公の隼之助の成長ぶりも楽しみのひとつかもしれません。何度か書きましたが、個人的にはお庭番の宮地才蔵と香坂伊三郎が好きですけれど、好みは人それぞれ。推しの登場人物を応援していただければと思います。

先日、友人に逢ったとき、新渡戸稲造（にとべいなぞう）の話が出ました。どうも私は『葉隠（はがくれ）』の作者・山本常朝（やまもとつねとも）と綯（な）い交（ま）ぜになっていたらしく、新渡戸稲造が外国人女性を妻に娶（めと）り、英語で『武士道』を刊行したと知り驚きました。

英語で書かれた本？

そうなんですよ。翻訳されたものが、発売されているわけです。私が読んだのは『現代語訳　武士道（山本博文＝訳・解説）』ですが、国際人としての新渡戸氏が浮かびあがって、またまた吃驚。

では、『武士道』とは……ざっくりですが、「語られず、書かれてもいない掟でありながら、それだけにいっそう武士の内面に刻み込まれ、強い行動規範として彼らを拘束した」という一文がありました。

さらに江戸時代初期の武士が、好んでキリスト教に入信し、教えを捨てることを強要された時はむしろ殉教を選んだように、キリスト教の教義には武士道と通底するものがあるとも……これは妙に納得しましたね。

戦国時代、なぜ、あんなにも多くの武士がキリスト教に入信したのか。

かねてより、私のなかにあった疑問が、ある程度は解決されたように思いました。妻たる女性たちも同じ道を選ぶ人が多かったようにも感じています。

ちなみに『葉隠』は冒頭部分に「武士道とは死ぬことと見つけたり」という一文があります。けっこう有名な文言だと思いますが、この「武士道云々」の言葉が強く印象に残ってしまい、記憶が曖昧になったのでしょう。私のように勘違いしている方、いらっしゃるかもしれませんね。

新渡戸氏は、幕末・明治・大正・昭和と、じつに四つの時代を生きました。色々な資料を読んでみると、他にもけっこういるんです、同世代人が。南方熊楠氏や柳田國男氏もそうです。幕末や明治といった激動の時代の生まれゆえ、大器になったのか。たまたまそういう方が、同時期に生まれたのか。

そのへんのことはわかりませんが、興味深い人物が数多く出たのは確かです。

かくすればかくなるものと知りながら

やむにやまれぬ大和魂

（こう行動すれば、死ぬことになることを知っていながら、私をその行動に駆り立てたのは大和魂である）

これは吉田松陰氏が処刑前夜に詠んだ歌であるとか。民間の諺として『ならぬ堪忍、するが堪忍（我慢できないことをするのが我慢である）』が引用されていました。資料として色々読んでいるつもりですが、まだまだ知らないことがあるのを知りました。これだから資料読みはやめられない。

楽しみながら、さて、次の話に取りかかりたいと思います。みなさまの応援が物書きの力になる。
宜しくお願いいたします。

本書は2012年6月に刊行された徳間文庫の新装版です。
なお本作品はフィクションであり実在の個人・団体などとは一切関係がありません。

徳間文庫

公儀鬼役御膳帳

外待雨（ほまちあめ）

〈新装版〉

2023年12月15日 初刷

著者 六道慧（りくどうけい）

発行者 小宮英行

発行所 株式会社徳間書店

東京都品川区上大崎三-一-一 〒141-8202
目黒セントラルスクエア

電話 編集〇三(五四〇三)四三四九
販売〇四九(二九三)五五二一

振替 〇〇一四〇-〇-四四三九二

印刷
製本 大日本印刷株式会社

ISBN978-4-19-894909-9 （乱丁、落丁本はお取りかえいたします）

徳間文庫の好評既刊

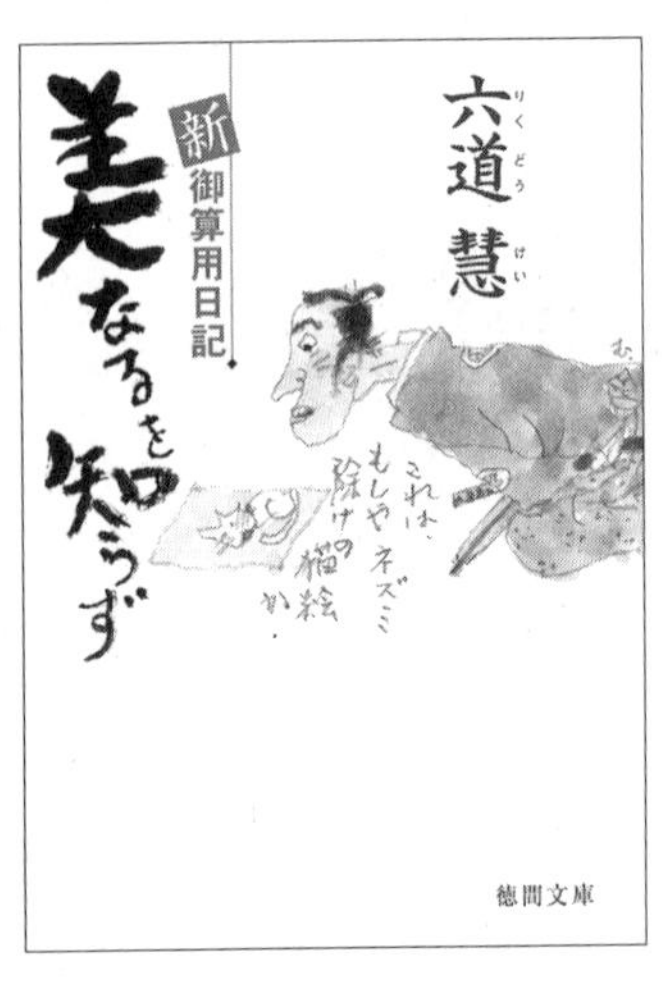

六道 慧

新・御算用日記

美なるを知らず

幕府両目付の差配で生田数之進と早乙女一角は、本栖藩江戸藩邸に入り込んだ。数之進は勘定方、一角は藩主に仕える小姓方として。二人は盟友と言える仲。剣の遣い手である一角は危険が迫った時、数之進を救う用心棒を任じている。〝疑惑の藩〟の内情を探るのが任務だが、取り潰す口実探しではなく、藩の再建が隠れた目的だ。本栖藩では永代橋改修にまつわる深い闇が二人を待ち受けていた。

徳間文庫の好評既刊

六道　慧

山同心花見帖

まねきの紅葉（もみじ）

書下し

将軍慶喜（よしのぶ）が大政奉還を奏上、戦（いくさ）の足音が迫る幕末。幕府山同心の佐倉将馬（さくらしょうま）は、慶喜暗殺を試みる毒薬遣いの一味を追い、血風吹き荒れる京に入った。新選組とともに毒薬遣いの者を追いながら、将馬の心は激しく揺れる。かつて兄と慕った坂本龍馬の命が危うい。将馬は、龍馬を京から逃がそうとするが……。幕末スター総出演！　新たな日本と民のために戦う若者たちの姿を描く青嵐小説第三巻！

徳間文庫の好評既刊

六道 慧
公儀鬼役御膳帳
連理の枝

隼之助は、御膳奉行を務める木藤家の次男。今は父・多聞の命で、長屋暮らしをしている。ある日、近所の年寄りに頼まれ、借金を抱えて困窮する蕎麦屋の手伝いをすることとなった。かつて父に同行して知った極上の蕎麦の味を再現することに成功。たまった家賃の取り立てに来た大家を唸らせ、返済を引き延ばすことに成功したまではよかったのだが、その後、辻斬り騒動に巻き込まれ……。